生命,因阅读而美好!

甜蜜的犯罪

[日] 誉田哲也 著

珂辰 译

重庆出版集团
重庆出版社

Dolce by Tetsuya Honda
Copyright © Tetsuya Honda 2011
All rights reserved.
Original Japanese edition published by SHINCHOSHA Publishing Co., Ltd.
Simplified Chinese translation copyright © 2016 by Changsha Senxin Culture Dissemination Limited Company
Published by arrangement with SHINCHOSHA Publishing Co., Ltd., Tokyo in care of Tuttle-Mori Agency, Inc., Tokyo through Beijing GW Culture Communications Co., Ltd., Beijing.

版贸核渝字（2016）第 024 号

图书在版编目（CIP）数据

甜蜜的犯罪 /（日）誉田哲也著；珂辰译 . — 重庆：重庆出版社，2016.9
ISBN 978-7-229-11292-9

Ⅰ . ①甜… Ⅱ . ①誉… ②珂… Ⅲ . ①推理小说—小说集—日本—现代 Ⅳ . ① I313.45

中国版本图书馆 CIP 数据核字 (2016) 第 133954 号

甜蜜的犯罪
TIANMI DE FANZUI
[日] 誉田哲也　著　珂辰　译

责任编辑：钟丽娟　何晶
责任校对：刘小燕
装帧设计：罗四夕

重庆出版集团　出版
重庆出版社

重庆市南岸区南滨路 162 号 1 幢　　邮政编码：400061　http://www.cqph.com
三河市鑫金马印装有限公司印刷
重庆出版集团图书发行有限公司发行
E-MAIL:fxchu@cqph.com　　邮购电话：023-61520646
全国新华书店经销

开本：880×1230　1/32　印张：6.5　字数：145 千字
2016 年 9 月第 1 版　2016 年 9 月第 1 次印刷
ISBN 978-7-229-11292-9
定价：32.00 元

如有印装质量问题，请向本集团图书发行有限公司调换：023-61520678

版权所有　　侵权必究

目 录

第一章　池袋金鱼　001

第二章　甜蜜的犯罪　033

第三章　为了某个人　069

第四章　托卵（Brood Parasite）　105

第五章　爱你一百年　139

Part 01
第一章

池袋金鱼

前天夜里十一点多，练马车站北口附近发生一起醉汉间的闹事纠纷，她正在写那起案件的现行犯逮捕报告，已经写到最后一栏了。

"于平成〇〇年九月上午十点三十分释放嫌犯。警视厅练马分局刑事组织犯罪对策课司法警员鱼住久江巡查部长。"

最后是印泥。虽然印泥盖得有点糟，不过无所谓吧。

"完成了……好啦，组长，交给你了。"

她微微起身，将文件递给坐在左边重案组组长办公桌前的宫田警部补。

"好。"他大致浏览后便放进桌上的文件架上。

"辛苦了。"

"不会。"

久江站了起来，环顾四周。

暴力团对策组、组织犯罪对策组等，大部分的刑警们都还忙于文书工作，重案组也还有资深的里谷巡查部长以及最近从盗犯组转过来的原口巡查长留在位置上，这个时候久江外出应该没什么问题。

墙壁上的时钟指着十一点半。

"虽然时间还有点早，不过我先出去吃午饭啰。"

她将有点变形的手提袋挂在肩上，往走廊方向走。

背后传来组长漫不经心的回应："好。"

从楼梯走下一楼，久江在服务台前巧遇好久不见的人。

警视厅刑事部搜查第一课的刑警金本健一。久江认识他时他是巡查部长，隶属第六组，现在就不知道了。当时的久江还是巡查长。

对方也立即看到久江。

"……鱼住。"

既然被看到了就不能视若无睹，久江边点头边走近到听得见声音的距离，问：

"好久不见，你怎么会在这里？"

"有点事。"

金本旁边站着一名约三十岁的年轻人,是那个辖区的刑警吗?如果是,也就是那个辖区发生凶杀案,金本现在是那个帐场(搜查总部)的搜查员。

"来调查什么吗?"

"是啊……来查白骨尸体的身份。"

金本瞥了身旁的人一眼,从外套内侧口袋里拿出钱包说:

"你先找地方吃午饭。"

他递出一张千圆钞。

"啊?那组对(组织犯罪对策组)那边呢?"

"那里晚点去无妨。"

他一脸诧异地接过钱来,最后说了句"谢谢"后,便往门口走去。

金本清清嗓子,回头对久江说:

"你要去吃午餐吧?一起走吧?"

久江摇头。

"不了,我想一个人休息一下。"

"别这么说嘛,好久不见了,陪我吃个饭吧。"

久江不经意地看了看四周,发现会计及交通课的人都窥探着他们这边,离服务台好一段距离的副分局长好像也看着他们。继续在这里推托不太好看。

"好吧,我带路。"

久江率先走出自动门。

初秋柔和的风吹来。

久江无由地觉得忧郁。

还没迈入三十岁的三年前，久江服务于丰岛区的池袋分局，她就是在那里认识了金本。金本年长她两岁，当时的他是比她高一阶的巡查部长，部门跟现在一样是重案组，每天接触还不至于到杀人程度的暴力案件。

只不过池袋分局如同其名，是管辖池袋这个巨大闹区的警局，自然凶杀案也频繁发生。每次一发生凶杀案，警视厅总部就会派遣一大批刑事部搜查一课的搜查员进驻，占领讲堂及会议室。

这么一来，搜查的主导权就转移到总部，辖区分局的刑警只好沦为他们的带路人。警察是典型的阶级社会，但只有在此时不适用。

一课员会搭配一辖区警察，就算一课员是巡查，搭配的辖区警察是职位较高的巡查部长，搜查还是由一课员主导，这就是都道府县警察总部与辖区分局的差异，在被称为"数字课"当中属于顶尖地位的"搜查一课"的地位权力。

不过换个角度想，搜查总部的设置对辖区警察也是机会，只要努力让一课员看见自己的能力，同时被认可，或许就能被提拔进总部的搜查一课。

金本跟久江就把握住了这个机会。进入搜查一课后，两人的组别不同，不过因为是"来自池袋的金本与久住"，因此有时也会被简称为"池袋金鱼"，大概是有人模仿当时热门的电影"新宿鲛"替他们取的绰号吧。现在回想起来，那也是一段美好的回忆。

久江在搜查一课仅待了两年，因为她通过升级考试，晋升为巡查部长。一旦晋升就必须调动工作岗位，这也是警察的规则之一。

之后，久江走遍八王子分局、上野分局的各重案组，去年开始在练马分局服务。她外派辖区分局正好十年，年纪也四十二岁了。

在老旧的咖啡厅里两人对坐，金本苦笑着说：

"你看起来越来越有威信了。"

你想说的是中年发福吧？久江心想，一边望向墙壁上的白板。她不是不恼怒，只是早已过了冲动的年纪。

"要吃今日午餐吗？今天是炸竹荚鱼套餐。"

"好。"

久江对熟识的女服务生比出两根手指。对方点点头，高声对着厨房喊："两份午餐。"

突然觉得手空空的，久江伸手将放在桌角的铝制烟灰缸拿过来。金本手肘撑在桌上，略显无聊地双手交叠放在嘴前。

金本的双手比以前略带圆润，左手无名指上戴着一只颜色暗沉的戒指。久江心想,"要说有威信你也不遑多让",不过她并没说出口。

反倒是心里悄悄回忆起往事。

因为寂寞,她曾不经思考就点头接受一夜情。她并不后悔,但很庆幸只是一夜。幸好只有一夜。

过去久江的恋情都很短暂,可也不是没有。回想起来,不也这么走过来了?还真是一个消耗速度快的恋爱电池。久江觉得好笑。

"你抽的烟变淡了。"

听到声音,久江这才回神。是啊,十年前抽七星,现在则是Frontier淡烟。

"咦,你呢?"

"我戒了,有一年半了。"

久江不自觉笑出来。

"真有决心……怎么?肺部照出影子来了吗?"

"不是,我买房子了,我老婆不准我在家里抽……我就趁这个机会戒了,其实还蛮好戒的呢。"

买房子了啊。

久江不是嫉妒,甚至觉得松一口气,庆幸她并没有造成破坏。

午餐没多久就送来了,用餐期间谈的几乎都是彼此的近况报告。金本没有晋升,现在还是巡查部长,只不过换了单位,现在在三组。

搜查一课还是很忙碌，比较起来这边就清闲许多——这阵子练马分局辖区内并没有发生凶杀案。听到久江这么说，金本哼笑着说："很好啊。"

两人几乎同时吃完，久江的餐后咖啡是热的，金本则点了冰咖啡。他加了满满的牛奶跟糖浆，偏执地搅拌得很均匀。他的动作让久江觉得怀念。

"……我说鱼住，上头询问过你要不要调回一课吧？"

他的声音与切入话题的时机让久江有些明白，他会找她吃午餐，大概是为了这件事吧。

"是啊，嗯……好几次。"

"前不久八组也缺人，那个时候你的名字也在名单上，可是进来的全都是新人……上头找过你吧？那个时候。"

久江点头不发一语。

"为何不接受？"

"不接受很奇怪吗？"

金本困惑地蹙起眉头说：

"不奇怪吗？你这样的人才不该留在辖区分局的重案组，应该在总部一课解决杀人案，这样才像你的风格。"

过去让她深切排斥的一课员的自豪与骄傲。金本这样大言不惭地脱口而出，抹杀了她的怀念，反倒让她觉得无地自容。

"你太看得起我了，我比较适合待在辖区分局。"

"你这说的什么话,能在一课干下去的女人可不是随便就有,你知道我这十年来想过多少次若你在身边就好了吗?"

太狡猾的说辞,不过这十年来久江也学会了漠视这种说辞的智慧。

"我无法胜任。因为了解这一点,所以我没接受罢了。"

金本露出完全无法认同的表情。

"我说啊……如果你结婚生子,我还能理解,如果你离开重案组,改调交通组或其他组别,我也不会跟你说这些,可是你这十年来一直待在重案组不是吗?你对搜查一课还有留恋……会这样认为是理所当然的吧?"

久江想过结婚,也想过生小孩,但一次也没想过调回搜查一课。要是直接这样回答,金本会有什么表情呢?生气,还是哑口无言?

"我比你想象的还要怪胎。"

"不,你并不是怪胎,就这层意思来看,反而该说你是认真到可以说是愚蠢的人了。"

是啊,久江自己也知道。正因为如此,她不想回搜查一课。

"总之,别理我了,应该有很多人可以取代我。"

"没有,老实说并不好找。"

"就算如此,我也不值得你等十年。"

"你太谦虚了。"

再谈下去也没用吧。

久江起身,伸手拿账单。不过金本先她一步取走,说:

"我请客。"

久江摇摇头,将六百五十圆放在桌上。客气地点点头,随即轻轻转身。

"有空我再约你。"

人事不归你管吧?久江心想,越过肩膀挥挥手。

步出外头,太阳比刚才还要大,迈步向前,天气热到让她觉得有些冒汗。

三天后,发生一起奇妙的案件。

一岁两个月的小孩溺死,母亲失踪,报案的是父亲——

虽然不是一件能够立即判断是否为杀人案的案件,但母亲失踪这点,令人起疑。

情报从消防局转到分局的地区课。受理这起案件,被派去问讯的是久江跟虽然是重案组刑警,却与实习生差不多的原口巡查长。

死亡的幼儿齐藤守之父齐藤明住在樱台五丁目,一栋六层楼老公寓的其中一户。

"抱歉打扰了,我们是练马警局的人。"

傍晚四点。出现在门口的齐藤明乍看像流氓。

平头、整齐的细眉、小胡子、锐利的眼神——相信世上大部分麻烦事都能用暴力解决的这类人的典型。厚实的上半身穿着白色衬衫，下半身穿着应该是居家服的黑色七分棉裤。粗粗的脖子上挂着感觉可以消除肩膀酸痛的金项链，手上也戴着相同设计的手链。年龄据说是二十九岁。

"啊啊……辛苦各位了。"

声音粗犷，跟外表给人的印象吻合。

"请节哀顺变。"

"谢谢。"

不过即便如此，仍能看出失去孩子的那种父亲会有的憔悴。招呼久江他们进门时，宽阔的肩膀也显得脆弱，让人心生不忍。

屋内的隔间除了跟厨房相通的六个榻榻米大的和室之外，还有另一间房间，那间应该就是卧房吧。

久江他们在齐藤明的招呼下，并排坐在暖炉桌的一侧。齐藤明也不晓得要倒茶，就大剌剌地往对面盘腿坐下。

久江点点头，开始进入正题。

"我们知道你现在很难过，不过还是希望你能回答我们几个问题……大致的情况我们已经从急救人员、法医、派出所警察的报告中得知了，只是为了确认，我们必须再请教一次。你的孩子小守是在哪里死亡的呢？"

"这里……那里的……"

齐藤明一边说一边拉开背后的拉门。

"床垫上……仰躺着。"

里面并排着大人用的双人床垫与应该是小孩用的小型床垫。

"我的工作在晚上。早上回来时,他们两个总是在睡觉。可是今天早上我老婆由子不见了,只剩小守睡在床垫上。我觉得有点奇怪……不过我也喝醉了,所以就直接上床睡觉。起来时,我老婆还是不在……我不经意往小守看过去,发现他已经没有呼吸……"

到此为止跟久江他们事先拿到的报告内容完全一致。

齐藤明发现儿子死亡后,在上午十点十七分通报119,最近派出所的警察,救护车相继到来,四十分钟后法医也抵达现场,确认幼儿死亡。这时分局的鉴识人员也会出动,进行某种程度的现场搜证。

遗体被搬运到大家的法医医院详细检查,并在下午一点左右确认死因为溺毙。由于现场浴缸里的水与遗体体内检验出的水质完全一致,因此判定可能是因为某种原因,沉入浴缸而溺毙。

当然,小孩子自己跑进浴室,不小心掉落浴缸的可能性也不是没有,只是齐藤明回家时,遗体在寝室的床垫上,换言之,就常理推断,是母亲齐藤由子在他死后移动了遗体。严格来说,这种行为可以视为遗弃尸体或是藏匿尸体。

地区课的警察当然要求过齐藤明到邻居、友人家、娘家等地方找由子，但完全不见她的踪影，而且听说她几乎没有朋友，也很少外出走动。

原因是小守罹患重度小儿气喘，连白天出门都会猛咳，推婴儿车外出散步就更不容易。至于购物，多半由齐藤明负责。

小守会溺毙的可能性主要有二：

一是疲于照顾的由子故意溺死他，二则是他们一起泡澡，由于照顾得太累了，由子在浴缸里睡着，不小心让他溺死。

法医表示从遗体无法判断是哪个可能性。这么一来唯有找出由子，直接讯问才能得知真相。若结果判定是故意，就无法逃过杀人罪的起诉。

久江在听完所有事情后，开口说：

"……那么要麻烦你一件事。能不能借我们几张你太太的照片呢？"

这是身为刑警很普通的要求。

要寻找失踪人口，就必须掌握这个人的长相，而最快的方法，就是从家人手中取得照片。但这时齐藤明却露出动摇的模样。

为什么？

齐藤明望向久江身旁的原口放在手边的警察手册，接着又瞄了一眼久江右侧的电视，最后视线回到自己的手上。他说：

"她……没什么照片。"

声音并不大，算是很镇定。

"随便什么照片都行，不是证照用的照片也无妨，简易照片也行。不过请尽可能提供近期的照片，这样参考价值比较高。"

"呼。"齐藤明用力叹了口气说：

"能不能让由子静一静？"

对于这一点久江不得不摇头。

"很抱歉，小守死亡的状况有一些疑点，而能够解开这些疑点的人，应该只有你太太。虽然他还是个孩子，但也是死了一个人……疑点一定要解开。"

"……由子她……照顾小守照顾得很辛苦。"

"这点我们充分了解。"

"会让他溺毙只是一时不小心……我想应该是意外，而警察却要逮捕她……是不是太无情了？"

他说的久江也不是不能理解，可是在这个阶段就原谅溺死儿子又躲起来的妻子，是不是放弃得太早了？撇开这点不谈，既然无法舍弃故意溺死的可能性，警察就不可能侦查到一半便收手。这起案件是否有酌情减刑的余地，应该由司法判断，现在距离那个阶段还很远。

"齐藤先生，我觉得你太太由子也并非想就这样放着不管。我不知道发生了什么事，不过我想她一定很无助，不知道该怎么办才会躲起来。就在我们讨论的现在，她必定仍是非常痛苦，所以，我们快把她找出来吧。我想你太太应该不至于，可是也有人在这种情况下会想不开,我们绝对不能允许这种事发生。所以,你要想这是为了她。"

苦口婆心了好一阵子,齐藤明才不太情愿地从小型衣柜里拿出一张由子的照片。她坐在这个房间的窗边,侧抱着小守,个头娇小,脸蛋也小巧,看起来很会化妆。一问,原来她以前是陪酒小姐,听说曾在齐藤明的店里工作。

"谢谢,复印好我会立刻还给你。"

齐藤明无言颔首。这也让久江产生些许异样感。

姑且就形容为像扣错纽扣般的不快感吧。

久江也询问了齐藤明的不在场证明,结果从复述的证词中证实小守死亡的二十七日晚间七点左右,他在工作地点,即池袋的酒店"玛雅",同时也确认了那之后一直到翌晨四点左右,他都待在池袋。本案件若是意外或过失致死,判定跟齐藤明无关,应该没什么问题。

看来还是只有找出由子的下落,才能知道真相。

翌日,久江他们造访了由子位于足立区鹿滨的娘家。

她母亲岛木纪子在自家一楼经营小酒馆,年纪五十来岁,声音沙哑,看得出来过去大半辈子都在特种行业生活。

"果然是真的……小守死了。"

纪子脸上涂了厚厚一层粉底,看起来就像艺伎脸上的白粉,在日光下显得悲戚。

"对了，请上楼。站在这里也不好说话。"

他们被带往二楼八个榻榻米大的房间，里面只有小茶几、佛坛、电视，很简朴。

再度问候过，久江随意环顾室内，问：

"你先生何时过世的呢？"

纪子将托盘放在茶几上，瞟了佛坛一眼，回答道：

"今年第十一年了吧，在由子还在念中学时……她爸爸很疼她，因此她大受打击。在那之前她热爱打篮球，是个阳光女孩，因为这件事突然变坏，跟地方的暴走族混在一起。"

"爱打篮球啊……谢谢。"

久江端起送上的玻璃杯啜饮。原本以为是麦茶，喝了一口才发现是乌龙茶，应该跟楼下店里端给客人喝的一样吧。

"对，她那时就长得很高了。"

由子长得很高吗？久江急忙修正脑海中的印象。在齐藤明给她的照片上，由子坐在窗边，因此看不太出身高来。

"她加入暴走族时发生了一次严重的车祸，大概是怕了吧，并没有混很久。不过我是做这一行的，那孩子也很快就学会这一套，之后辗转在各地工作。嗯，大概是前年吧，她突然带阿明回来，说要跟这个人结婚。我看阿明的个性不错，也就安心了。"

由子小齐藤明五岁，今年二十四岁，所以算起来她是二十二岁结婚，二十三岁生下小守。

"你们说由子不见了？什么意思？"

久江尽可能以不把由子当坏人的口吻大致说明了情况。纪子连小守有气喘病都不太清楚。

"这样啊……我们已经一年没见面了。"

"也就是说，你们最后一次见面，是小守刚出生时吗？"

"对。他们出院回家时我去池袋探望他们。"

有点混乱。

"池袋？去店里吗？"

"不是啊，去公寓，阿明住的地方。"

"那他们是最近才搬去练马的吗？"

纪子非常惊讶。

"什么？他们搬去练马了吗？哎呀，这个也没告诉我……真是的，完全不把父母放在眼里，连一声知会也没有。"

对齐藤明产生的异样感又不自觉浮现，就像扣错纽扣那样的不快感——

这时，放在胸前口袋的手机响了。

"抱歉，我接个电话。"

久江走出房间，从狭窄的楼梯往下走到中间才打开手机。荧幕出现未显示号码的字样，不过应该是分局打来的。

"喂，我是鱼住。"

"啊啊，我是宫田。"

果然是组长。

"你马上回来。由子，齐藤由子在分局。"

久江差点滑倒，只差一步就要踩空了。

他们约一小时后回到分局。久江紧跟在原口身后快速往二楼跑，飞奔进刑事组织犯罪对策课。

"我回来晚了……齐、齐藤、由子呢？"

周围都是熟面孔的刑警同事，没看到像由子的身影。

坐在办公桌前的宫田组长指着走廊对侧的第三调查室说：

"跟里谷在里面，不过她一句话都不说。"

里谷巡查部长的确是优秀的资深刑警，不过颇受年轻女性排斥。他曾是暴走族。他本人也承认自己不擅长侦讯女性。

"来时的情况如何？"

"嗯，她一来就对服务台说她是齐藤守的母亲。光这样讲服务台一头雾水，恰巧副局长经过，服务台才知道她是那起幼儿溺死案件的母亲，连忙通报上来。"

这样就更奇怪了。

"自己来投案却保持缄默？"

"是啊，因为这样才把你叫回来，而且这本来就是你的案子。"

"嗯。"

没错，齐藤守溺死案是由久江跟原口负责调查，他们有优先侦讯权。

"那我进去了,原口走吧。"

"是。"

久江两手空空,原口则是拿着笔记本电脑进入调查室。

不过,齐藤由子——

放任溺死的儿子不管,行踪成谜的母亲,究竟是怎样的女人呢?

轻敲简易门。

"里谷刑警长(巡查部长刑警),早啊……"

"进来。"

随着焦躁声音的响起,门也开了。门口出现一道背影——五分头的后脑勺,结实肌肉包覆在衬衫内的,是里谷起身的背影。

"太慢了,笨蛋。"

旋身回头,熟悉的侧脸。暴躁的大猩猩。

"抱歉,我来接手。"

"好。"

里谷先退到走廊,接着久江跟原口进去。

不到三个榻榻米大的调查室,小型铁桌的对面坐着果然很娇小,比那张照片看起来还要苗条的女性。

她就是齐藤由子——

完全没有她母亲岛木纪子所言的高挑印象。换言之,纪子的意思是就中学生而言吗?

"初次见面。抱歉……刚才那个人有点恐怖吧？"

久江边说边坐到她对面。原口跟在久江后头，将笔记本电脑放在另一张桌子上，然后坐下。

"因为我刚才人在你鹿滨的娘家。接下来由我接手，我是鱼住久江，请多多指教。"

久江递出名片，然而由子却没有要接过来的意思。久江将名片放在桌上，她也看都不看一眼。原来如此，看来是一个需要花点时间的对手。

"那么，我们从最简单的事情开始确认吧。你是齐藤由子太太，没错吧？"

居然从这个阶段就打算保持缄默？完全没有反应。

"咦？可是，你不是跟服务台这么说，所以才来到这里的吗？也就是说没错啊！你是前天晚上在樱台五丁目的公寓、海利兹樱台三〇三号死亡的齐藤守小朋友的母亲，没错吧？"

讲到小守时，对方稍微出现抽气的反应。

过了一会儿，久江窥探她的脸色，结果发现她右脸颊骨附近的肤色略显暗黄，看起来像是快好的瘀青。说不定是家暴。齐藤明的外表，很容易让人有这样的联想。

"从前天晚上到来这里为止，你人在哪里？你并没有回娘家。"

由子跟时下的年轻女孩截然不同，连眉毛都没修。齐藤明说过她几乎不外出。

"小守死亡之事,你应该知道吧?"

久江试图在那张素颜上想象暴走族及酒店小姐风格的妆容,要说适合,其实两种都适合她。

"一岁两个月啊……对了,这是什么时候的照片呢?"

久江出示从口袋里拿出的那张照片。由子依旧没有反应。

"小守还很小。你看起来也很幸福。"

从穿着研判应该是冬天,那么至少是半年前,小守八个月大,难怪这么小。

"我到了这个年纪都还没结婚,当然也没生过小孩……不过自己的孩子一定很疼爱吧?一岁两个月的话……咦,原口,你小孩也还很小吧?"

话题突然转到自己身上,原口慌张地"啊啊"了一声,坐直回答:

"快两岁了。"

"一岁两个月时会走路了吗?"

"嗯……这个嘛,我想也是因人而异,不过这时应该可以扶着东西走了。发展快一点的孩子,不用扶也能走了吧!"

"这样啊……那么在大人不注意时自己乱走,在大人没看到的地方捣蛋的可能性也是有的啰?"

"是啊,有可能。"

久江回过头来。由子的表情略显僵硬,不过有反应就是好现象。

"我说由子太太，你来这里时不是表示你是小守的母亲，给大家添麻烦了吗？那不是表示你应该针对小守的死，说些什么吗？你不是来说明的吗？我们想知道的也就是那些。前天晚上，小守究竟出了什么事？小守为何会变成那样？知道这些的人，我想就只有你了，由子太太。"

大白天发生火灾吗？隔壁的消防局因为警报声而骚动起来。

"好吧，我等你想说的时候再说吧。"

久江靠向椅背，稍微远离由子。

虽然说等到她想说的时候再说，可也不是连久江都得沉默不语。她开始跟原口聊起小孩，而且还将话题转到由子身上。

这样过了多久呢？

由子的眼神开始转动。

焦急、暴躁。不，是迷惘、困惑？

再把话题转回小守试试看吧。

"对了，如果是气喘，就更辛苦了吧？"

由子的肩膀抖了一下。果然没错，这句的反应比刚才强烈。

"对吧？"

乘胜追击。

"由子太太？"

结果原本低垂的眼神突然仿佛拥有意识般地抬头，正面凝视久江。

"那个……"

沙哑、纤细的声音。然而她只说了两个字后又开始沉默。久江低头，探身过去捕捉她的视线。

"嗯，怎么了？"

久江轻声问，避免给予咄咄逼人的感觉。

由子微微点头道：

"呃、那个……那个人……知道我现在人在这里吗？"

"那个人是指你先生吗？"

点头。怯弱的动作，不像二十四岁。不，现在的二十四岁女生，大概就是这样吧。

"还没通知他。我打算这里告一段落后，再跟他联络。"

结果……

"不要！"

由子撑着桌子，起身大喊。

"不要通知那个人！"

右脸颊不寻常的颜色开始有了重要的意义，看来这会是今天攻防的关键。

"可能没办法喔，你再继续这样沉默下去，我们也只能请人来保你出去了。你也不是嫌犯，我们无法把你关进看守所，那么就只能通知你先生……"

"我杀的。"

由子打断久江的话。

听起来像在说梦话,也像是没有感情的机器人的声音。

"是我……杀了小守。"

说完之后,她全身无力地跌坐回铁椅子。

久江当然不相信。

翌日,继续侦讯由子。

练马分局没有任何事证可以朝齐藤守遭杀害的方向侦办,但由子本人承认人是她杀的,因此姑且不论真伪,分局判断拘留由子四十八小时,应该没问题。

这么一来久江也必须尽快让由子自白,然而……

"不能外出很麻烦吧?购物都由你先生一手包办吗?"

情况陷入僵局,因为由子再度保持缄默。

久江无计可施,看来只能使出杀手锏了。

她不想采取威胁的手段,然而想要有所突破,如今也只能那样了。她告诉自己,因为没有得以申请羁押的事证,她不得不这么做。

久江故意压低音量说:

"昨晚我去见过你先生了。"

果不其然,由子瞪大双眼,眼眸里闪过无法分辨是恐惧还是愤怒的神色。

"不过你别怕,我没告诉他你人在这里。"

由子本人或许想保持面无表情，但她听了这句话后，很明显地松了一口气。

"在那之前我也去了小守常看的小儿科。我听说你很用心啊，药也每天都记得给予正确的量，医生也说小守这半年来好很多了。"

没错。吉田医院的院长是少数谈起齐藤由子人格的其中一人，他给予由子的评价很高。

"我后来去你家拜访，发现你把家里整理得很好，打扫得也很干净。灰尘对气喘不好，而且还是尘螨的温床，你让家里完全看不到那些东西，连玩具也选择可以整个清洗的，家具全部选择有脚或是有轮子的，每天连家具下方都打扫得很干净。"

由子的表情僵硬，仿佛隔绝外界所有刺激的样子。

"然而你们还是常常睡不好。当然小孩很痛苦，咳嗽、哭泣、吵闹……可是父母也很辛苦，必须跟他一起起床，给他吃药。不过情况严重时连水都喝不下，对吧？这么一来就会出现浓痰，卡住喉咙，甚至还会呼吸困难……听说夜里小守很痛苦的时候，你会用玻璃吸管将水滴进他的嘴巴里。"

由子的肩膀开始抖动，看得出来她咬紧牙关，下颚的肌肉变得僵硬。

"如果情况继续恶化，就必须注射类固醇。你听到医生这么宣告时，你不是哭着求医生吗？'医生，我愿意做任何事，请你不要给孩子打类固醇,我自己也因为类固醇而身受其害,拜托你千万不要给孩子打'。"

仿佛绿叶凝结露珠似的,由子的眼眸里开始浮现透明的泪珠。

"这样的你不可能对小守下手,我坚信。可是正因如此,我实在想不通,如果那是一时失误的意外,为什么你不说?由子太太,你到底在隐瞒什么?"

干枯的脸颊上,泪珠开始落下,滑过纤细,看起来的确显得有些脆弱的肌肤。

"告诉我,由子太太。"

由子好像在找什么似的张望着桌面。

过了好一会儿,她才微微张开没有血色的嘴唇——

"请问……一时冲动杀了人,要关几年?"

久江微倾着头回答说:

"要看情况。包括你在这之前的生活环境、精神状态、跟你先生之间的夫妻关系等等,如果法庭判断有酌量减刑的余地……"

"不是。"

出乎意料的强势口吻。

"不是……我不是说我。"

"那……是什么意思?"

只见由子笔直凝视着久江的眼睛,缓缓说:

"小守不是我的小孩。"

一种突然此路不通，找不到方向的感觉席卷而来。

什么意思？久江连要追问的话都卡在喉咙。

再度打破沉默的人是由子。她说：

"小守不是我的孩子。我不是齐藤由子。"

换言之，什么意思？

久江以为自己问出口了，可是连她自己都没听到声音。

"我真正的名字叫滨田仁美。真正的齐藤由子，小守的母亲，在十个月前已经死了。"

久江终于挤出声音问：

"怎么死的？"

由子，不，是仁美，垂下眼眸说：

"她根本不照顾小守，家事也不做，最后还外遇……那个人知道后恼羞成怒……"

久江脑海中的大齿轮开始转动。

"他动手打了她，结果家具之类的东西击中她的头……可是他也没立场说她……因为当时我也跟他在交往……然后他就要求我当替身，要我当由子，当小守的母亲。"

也就是说，岛木纪子口中"长得很高"的由子，早在十个月前就遇害了吗？

"那么，小守呢？"

仁美紧闭双眼。被挤落的泪水滴落桌面，发出声音。

"我睡着了,在浴缸里……惊醒时,一脸惊慌的小守已经沉在水里了……我马上把他抱到床垫上,试图对他进行人工呼吸、心脏按摩,可是,完全没用……"

仁美的表情愈来愈痛苦。

"很多事情让我觉得害怕……如果报案,警察就会知道他不是我的孩子,我觉得那个人杀了由子的事情,可能会因此全部曝光,然后有一天,我会被那个人杀掉。无论我们之间谁被关比较久,总有一天会出狱,出狱后,那个人绝对会杀了我。一想到这里……"

一口气说到这里后,她深深地吐了口气,接着说:

"……不知不觉我就逃走了。我怕在池袋会被那个人找到,所以去了涩谷……"

"你为什么会答应当替身?"

"刚开始他跟我说由子离家出走了……我要求他离婚再跟我结婚,可是他跟我说,这么一来小孩的保险很难处理。那我就想这也没办法,过一阵子再说……"

"你不觉得可疑吗?"

仁美摇头,不过那是肯定的意思。

"觉得。就是觉得可疑,因此我问了好多次。没想到他却告诉我,其实人已经被他杀了……只是那时我已经爱上小守……那孩子只有我,由子死了,能保护那孩子的人只有我……"

久江有股想立刻抱住仁美的冲动。

"是吗……我了解了。谢谢你鼓起勇气来这里对我们吐实。接下来就交给警方,你不用再担心了。"

久江又问了由子的遗体,仁美说她不知道。

然而几天后,久江在意外的情况下知道了遗体的所在。

来练马分局投案,自称齐藤守之母的女性。根据她的证词、指纹比对、照片比对后,确认她并非齐藤由子,而是滨田仁美,二十一岁,完全不同的另一个人。

那么,生下齐藤守的齐藤由子究竟在哪里?

以久江为首的练马分局重案组,在十月五日为了讯问齐藤由子的下落,于是要求齐藤明到警局配合调查。但齐藤明拒绝,推开搜查员企图逃跑,因此被以妨碍公务的罪名紧急逮捕。

得知练马分局逮捕了齐藤明,随即赶来的居然是搜查一课杀人犯搜查第三组的那位金本巡查部长。

"鱼住,拜托了……你们对齐藤的调查就止于妨碍公务吧,关于杀害由子一事,能不能交给我们来处理?"

久江一问,方才得知,原来那天金本到练马分局辖区,就是为了确认齐藤明之妻由子是否还活着。

原因是今年六月初,在东京都多摩市郊外的杂木林里,发现一具应该是女性的白骨尸体,金本他们负责调查该尸体的身份。他们找到的线索是大腿处的金属板，认为应该是治疗重度骨折的痕迹，于是查访了整形外科，找到了相似的病例。患者名叫岛木由子。岛木纪子所说的暴走族时代的大车祸，应该就是这个吧。

金本他们为了确认那名岛木由子，也就是现在的齐藤由子是否活着，于是造访她家，却发现当事人在家，安然无恙，因此判断齐藤由子这条线落空。没想到其实那个人是截然不同的另一个人。

"老实说，是我们太大意了，当时应该要请她掀起裙子让我们看大腿的。"

她的丈夫齐藤明是流氓，金本他们为了解情况，于是来到练马分局，在那里偶然再见到久江。那天午餐后他们才去齐藤家，小守则是在隔两天后发生意外。

"没想到那个孩子……他紧紧抱住仁美的脚，狠狠瞪着我，眼睛里透露着'我要保护妈妈'的眼神。明明就一脸苍白，没一会儿便咳个不停。"

练马分局重案组同意将齐藤明移交给多摩中央警局的搜查总部。移交之际，金本邀久江加入搜查总部，然而久江客气地拒绝了。

"你为什么变得这么讨厌一课呢？"

练马分局六楼的食堂里，金本轻啜杯里的咖啡这么问。

"不知道，为什么呢？"

久江吐了口烟，耸耸肩说。

她讨厌一课的原因，单纯只是因为一课是专门调查凶杀案的部门。

凶杀案的调查，理所当然是有人被杀后才会启动。现在的久江，觉得那是非常没有意义的事。

关于这点，若是分局的重案组就不同了，姑且不论在组织内的评价如何，至少能在有人死亡之前，就参与案件。

这次的案件亦是。由子跟小守的事她无能为力，但至少她能在滨田仁美这名女性自杀或是被齐藤明杀害之前，先跟她接触，让她免于一死。

是年纪的关系吗？还是长年单身的缘故？不知从何时开始，比起解开某人死亡之谜，有人活着，更能让久江感到喜悦。

然而她不认为一课的人能了解这样的心情。他们的工作也很重要。重点是适不适合的问题，她适合辖区分局的重案组，说到底不过如此。

只是不对金本解释，或许也有另一个原因——一种稍微带着恶意的心情。可是她并不想深究，就这么暧昧下去吧！

"……那么我也该走了，事情告一段落后，再请你喝一杯。"

"不用了，没关系。"

"别这么说。改天再找你，我走了。"

金本起身离去。今天换久江目送那道看起来很疲惫的背影离去。

而今天的练马分局辖区内，依旧没有发生凶杀案。

真是美好的一天。

Part 02
第二章

甜蜜的犯罪

没有排到必须夜宿分局的夜班，久江准时在傍晚五点十五分下班，七点半回到自家公寓。

目前她住在丰岛区南长崎。她故意避开所属的练马分局辖区范围，到隔壁的目白分局辖区租房子。身为四十二岁的单身刑警，她认为这是很自然的选择。

她每天都会在离家最近的东长崎车站附近的超市购买食材，回家自己煮饭，尽可能不外食。她并非舍不得花钱，也不是附近没有喜欢的餐厅，只是单纯地讨厌等待，或者该说讨厌只能安静等待点好的餐点送上来的自己吧！而且说实话，她也很在意别人会怎么看当时的她。比起孤单，她其实更讨厌被认为是孤单之人。

因此现在除非真的很累，否则她都会回家自己做饭。

一人锅又如何，她反而很开心立刻就能煮滚呢！

最近她迷上了用铁锅煮饭；一个人独占口感很好的锅巴，有种享受、奢侈的感觉。

搭配的是罐装啤酒，不过她会倒进玻璃杯喝。她想，这些小地方的讲究，大概就是单身贵族与寂寞的单身生活的分界点吧！虽然她并不觉得贵族就很了不起。

洗过澡后，正当她考虑明天休假可以再喝一罐啤酒时，手机响了。

无可奈何地离开冰箱，拿起在暖炉桌上跳动的爱机。背面小视窗显示"未显示号码"，不过她大概知道是谁。应该是分局打来的。

"喂，你好。"

"啊啊，鱼住吗？是我。"

无论说什么，听起来都像恐吓的嘶哑声音。

"我听不出来，请报出你的大名。"

"就跟你说是我了，笨蛋！"

换言之，就是同属重案组的里谷巡查部长。

她瞄一眼床边的闹钟。十一点五十分。

"这么晚了，有事吗？"

"我记得你明天休假，对吧？"

非常不好的预感。

"是啊，我有一堆衣服要洗、要准备升等考试，还有去看住院的朋友……"

"那么你明天一早顺道去东朋大的练马光之丘医院帮忙侦讯，在荣町被刺中腹部的女性被送去那里，主治医生说明早应该会恢复意识。"

"不好意思，我朋友住在横滨的医院。"

"癌症末期吗？"

"不是，是椎间盘突出。"

"那不去看也无所谓吧！我告诉你受害者的名字，你写下来。"

川西惠，二十二岁，圣明女子大学四年级。病房号码问服务台。

翌日，为求谨慎，久江打了个电话给宫田组长。

"对方是女大学生，你去会比较方便。"

得到这样的回答，久江不得已，只好前往东朋大练马光之丘医院。

抵达的时间是九点五分。询问服务台，得知她住在六〇六号单人病房。

一步出电梯，她就知道自己要找的是哪一间。

走廊上站着一名制服警察，应该就是那一间。

"辛苦了。"

走近一看果然没错，是练马分局的警察，名字应该是叫村上，平常在江古田站前派出所勤务的地区课巡查长。顺道一提，这家医院位于光之丘分局辖区内。

"啊，早安。"

久江很自然地将目光移向紧闭的病房问：

"里面情况如何？"

"已经恢复意识，晨间测温与检查也都做过了。"

"是吗？那很好。"

关于大致情况，久江已经问过宫田。

被害女性川西惠昨晚十点半左右，在要返回位于荣町的自家公寓时遭暴徒袭击，左腹部被类似小刀的东西刺伤，内脏也多少有些受伤，被诊断出需要三周才能痊愈，不过性命无虞。会没有意识是因为手术的麻醉剂与镇静剂。

"那么我现在就进去侦讯。"

"好的，麻烦你了。"

村上从门口走开。久江曲起手指轻敲房门两下。

"是谁？"里面传来清楚的声音。

"我是练马分局的刑警，能打扰一下吗？"

再传来一声"请进"。听起来意识相当清楚。

"打扰了。"

久江边打招呼边开门。

超过十个榻榻米大的病房,病床在右手边。明亮的栗色头发散落在枕头周围。

"初次见面,我是练马分局的鱼住。"

摆出低姿态望过去,就见到川西惠点点头,轻轻回礼。

五官很亮眼的小姐,说是现在最流行的模特儿脸,应该是最正确的形容吧。事件发生后没机会让她卸妆,眼睛周围还清楚留着黑色眼线。

"身体还好吗?"

她仰躺着点头,不过表情看起来就很痛。嗯,换言之也就是那样吧。

"能说话吗?"

"……可以。"

声音沙哑是因为刚起床吗,还是原本的声音就这样?

久江从背包里拿出手册,说了声"抱歉"后,便往圆板凳坐下。

"那么,我就以不妨碍你养伤为原则,简短请教被害的情况。我知道你很不舒服,不过还是要请你协助警方办案。"

"好。"

"那么,首先请教昨晚案发之前的事。"

"好。"

川西惠断断续续地讲出她昨晚的行程。

昨晚九点半左右结束家教的工作，十点半左右从江古田车站徒步返家，途中遇害，遇害地点在距离自家不到一百米处，周围是住宅区。

旁边小巷突然窜出一名身形高大男子，挡在她面前。

"男子的长相呢？"

"太暗我没看清楚。"

"完全不像熟面孔吗？"

"不像……完全不认识。"

"服装呢？"

"颜色偏黑，像飞行夹克的运动外套，下半身……应该是牛仔裤。"

"发型呢？"

"应该不是很长……我不记得了。"

对方想要抢背包，她抵抗的时候，右手持刀的男子便刺杀她。最后背包还是被夺走了。

"是怎样的背包呢？"

"……ELLE，不，是Gucci的……侧肩包。"

"颜色呢？"

"……咖啡色……不是，是米色的……帆布包，像网状的图案……"

久江打算回去查型录，若找不到，再请她画出来吧。

"然后呢？"

之后男子从她家反方向逃走。她蜷缩在原地好一阵子，才有一名看起来像上班族的男性经过，问她是否出事了。她请该名男性帮她叫救护车。

"你为何不自己叫？"

"呃……因为我的手机在背包里。"

"啊啊，是啊。"

这么一来，公共电话完全从街角消失，就成了问题。

"为了以防万一，我想确认一下，犯人跟那名看起来像上班族的男性，是不同的人吗？"

"是啊，当然……犯人是瘦长型，帮我的那个人则相当……结实。"

原来如此。

久江在中午前回到警局。

"哎呀呀，抱歉打扰你休假了。"

摆出从未有过的低姿态，宫田组长在久江一在她的座位上坐下后，马上自动自发地帮她泡了一杯茶。

"谢谢……咦，里谷呢？"

"跟原口去探听线索了。对了，被害者的情况如何？"

久江没回答，反倒先抽了一根烟。

什么情况如何，是否可以不要被害人是女性就全推到我身上来？——这样的念头若能跟着烟一起吐出来，就可以不用如实讲出口了。

里谷曾是暴走族，光看外表就像一般的流氓。被这样的人侦讯，被害女性根本无法好好说话吧！再加上还无法独当一面的原口也不可靠，这么一来，到最后还是只能交给久江。一旦发生案件，是否当值都不具意义。刑警这个工作就是这样。

久江将自己的所见所闻，一字不漏地转述，宫田边听边点头。

"原来如此……对了，这是里谷昨晚给第一发现者录的口供，这是救护人员的陈述，这份是鉴识报告。"

发现者的口供调查报告有两张，久江大致看过一遍，内容与川西惠的供词一致。

只有一个地方她觉得有疑问。

"川西惠当时右手拿着手帕吗？"

"嗯，啊啊……对，根据第一发现者所说，是那样没错。"

"是啊，本木浩正是那样说，可是你看这个。"

久江指着鉴识组拍摄的那条手帕的照片说："手帕是挂在案发现场附近的民房围墙上的。

"也就是说这条手帕遗留在案发现场，并没有被紧抓着带进医院。川西惠为什么将这条手帕遗留在现场呢？"

"我怎么会知道？不小心掉了吧。"

"是吗？而且你看，上面没什么血迹。"

"是啊……没什么血迹。"

淡紫色手帕保持着折叠好的状态被紧抓着，缩成像三角形的形状，多少有看起来像血迹的污渍，但是连整体的五分之一都不到。

"我去一下科研所，请他们分析这条手帕。"

"科研所……为什么？"

"这条手帕目前由鉴识组保管吧？"

宫田没有回答。

"我去一趟。"

久江觉得可疑，她有种奇妙的预感。

从鉴识组取来作为证物的手帕后，久江前往警视厅总部。从练马到霞之关约四十分钟，抵达时是下午一点左右。

可是她的目的地不是总部大楼，而是隔壁的警察综合大楼。她造访了位于八楼的科学搜查研究所第一化学科。

"抱歉，请问二组的柚木先生在吗？"

久江十年前待过总部的刑事部搜查一课，跟当时在科研所一化的柚木很熟。

"请稍待。"

坐在入口附近的组员走到后头房间替她叫人——身材苗条，感觉很好的女性。

"柚木先生你有访客。"

没多久柚木就走出来了。跟当时一样，柚木留着差不多盖住耳朵的头发，胡子没剃，给人不修边幅的感觉，再加上超过一百八十厘米的身高，让他就算穿着白袍，站在面前还是会给人不可思议的压迫感。

"好久不见。"

"啊啊……"

迟钝的反应也一点都没变。别看他这样，他可是跟久江同年。

"那个，我想请你帮我看看这个。"

久江从背包里拿出装着那条手帕的袋子。

"这是昨晚在路上被强盗刺伤的被害人拿的手帕，你看，上面几乎没有血迹。"

"是啊。"

"你不觉得奇怪吗？"

正面、反面，让他看个仔细。

"被害者是二十二岁的女大生。就算是很贵的手帕，年轻女孩被刺中腹部，手上拿着手帕，却没有拿来压住伤口，很奇怪吧？"

"或许是压住之前就昏倒了。"

有点鼻音，像是卡通里出现的青蛙的声音。刚开始久江对他的声音非常不习惯。

"她意识清楚,就目击证词来看是那样的。"

"是吗……然后呢?"

"我想拜托你查查看上面有没有什么东西。"

这时柚木的脸上才首次出现象表情的表情。

"我记得以前也跟你说过,你只说有没有什么东西会让我很困扰。这里是化学科,如果是体液等相关的东西,请拿去法医科,药物则要送去第二化学科才行。要是完全没有头绪,就先请你那边的鉴识人员分析个大概……你现在在哪工作?"

"练马。"

"至少有气相层析仪(Gas Chromatography)吧?"

久江摇头说:

"有,可是完全没用。你看调查报告书……明明检测出像毛发的东西,可是我们那边的鉴识就只将结果保管起来而已,不会像你一样彻底分析。"

柚木深深叹了口气,不过最后还是收下来了。

"我手边还有几份急件。"

"我知道。"

"我没办法答应你何时会有结果。"

"没关系,拜托你了。"

柚木随即填写鉴定委托与保管证物的文件。他不修边幅,但写字时却一板一眼到会让人焦虑,而且写出来的字就像印刷体一样漂亮。

然而久江却觉得这个画面有些不对劲。

是什么呢？

她仔细凝视，几秒钟就发现原因了。

柚木的左手无名指上没有戒指。

仿佛看着霉菌生长的快转影片，一股黑色的不安布满胸口。

"喂，小奈好吗？"

早见奈津子，十年前，不，是十一年前跟他结婚了，现在是柚木奈津子。

"嗯，啊啊。"

柚木的笔顿了顿，随即又开始书写。

"关于这件事我改天再跟你说。"

写好了，柚木要求久江签名盖章。

久江只能先签名，盖上简易章后递还给他。

"改天？"

"改天慢慢说，我进去了。"

柚木拿着放文件与手帕的袋子转身离开，直接走进他原本待的后方房间。

久江怎么都觉得柚木的态度奇怪，决定找以前的同事问问看。虽然她不是很想这么做，不过总比一直悬着好。

"是你啊，鱼住。你会主动打电话给我还真稀奇。"

搜查一课时代的前辈金本健一。以前她、这位金本、柚木、奈津子四个人下班后常常一起去喝酒。

"你现在在哪里？"

"新宿。怎么了？"

金本现在仍隶属总部搜查一课，不过他现在人不在总部，反而让久江庆幸，因为要是见到面，他一定又会劝久江回一课，这也很麻烦。

久江步出警察综合大楼，往霞之关车站方向走。

"我刚才跟好久不见的柚木见面……他是不是跟小奈怎么了？"

出现几秒沉默。

"喂，金本。"

"嗯，是啊……"

从他的反应，久江已经猜出大概。

"好像没跟你提过吧……那家伙跟小奈离婚了，在三年前。"

怒气凌驾于惊讶之上，一种像是被背叛的情绪瞬间涌现。

"为什么？那上次见面时你怎么不跟我说？"

几个礼拜前她才因为某起案件的关系，跟金本碰过面。

"上次我们没聊到柚木啊。"

"就算上次没聊到，这三年内我也见过你跟柚木好几次不是吗？我记得每次我都会问小奈好吗，你还记得你是怎么回答我的吗？"

金本哑口无言。

"应该很好。你还很自然地回答我。"

"……那是在之前的事了吧。"

"不，是三年内的事。我们两个在神乐鈝还是哪里喝酒时，你说我已经要四十岁了，我说那么柚木也一样，还问你小奈几岁，说她应该比我们小四岁吧。后来我问说她好吗，你回答我很好。那是在我快四十岁时的事情，绝对在三年内。"

"这种事情记得这么清楚。"金本喃喃自语。

久江仿佛看到他搔着一头短发的模样。

"不知道该怎么跟你说啦……你以前那么疼爱小奈……所以柚木也很难跟你开口吧……那家伙好像就要再婚了。"

久江这才察觉一直深埋在心底的宝物，在不知不觉中被粉碎了。

十二年前。金本跟久江一起从池袋分局的重案组调动到总部的刑事部一课，而柚木则是刚被采用为特别搜查官，是科研所的新晋巡查部长。

虽然被拔擢进了一课，不过久江还仍是无法独当一面的菜鸟刑警，常常一有事就被派去科研所跑腿。那时跟她境遇雷同的柚木，正好方便她提一些无理的要求。

"这个分析结果请明天给我"、"请尽快调查这个污渍跟这个油是不是相同的东西"……当时的他一句抱怨也没有，总是"好、好"地一口就答应。

金本似乎也有相同的经验。他说：

"你说的柚木就是人高马大的那个家伙吧？他很厉害，我们组长也称赞他。专门的东西我不懂，不过他对样本的采集讲究到可以说是病态。那种做法应该就不会有遗漏之处。如果那样还找不出线索，我看连刑警都只能举手投降了……对了，下次找他出来喝酒吧！"

然而柚木并不好约。当时还以为他不喝酒，是一个只专注在化学上的顽固家伙，其实不然。

柚木有一个从大学时代就开始交往的女友，仅有的休假时间，都拿来跟她约会，没有多余的时间做其他事。

为什么会发现这件事呢？因为他们约会时被那个金本遇到。然后不知道金本怎么约的，总之后来连他女友也一起来参加聚会。

"初次见面，我是早见奈津子。"

哎呀，好可爱。这是久江的第一印象。娇小、苗条、内敛，搭配高大的柚木，某种意思上来看，是很登对的凹凸情侣。

此外，跟奈津子在一起时的柚木，也让久江感兴趣。

柚木平常看起来无动于衷，强烈让人感觉他只是机械化地完成工作，可是当他跟奈津子在一起时就很爱笑，很爱说话。

"再十厘米,只要再往前十厘米,就会准确落在额头上喔。"

"哎哟,好恶心。"

他们讲到上班途中掉落在眼前的鸽子粪便。

"对了,鱼住小姐,你觉不觉得我们所长长得很像小野妹子?"

"我怎么知道,我连小野妹子长怎样都不知道。"

但奈津子还是主张"长得很像啦"。

他们甚至一起去唱KTV。

"奈津子,帮我点那首……Spitz的那首。"

"啊?Spitz的哪一首?"

柚木非常兴奋地唱着当时流行的歌曲,他硬要用高Key唱,唱到都破音了。金本听到抱着肚子笑,久江也笑了,只有奈津子,或许她也有偷笑,不过几乎是很认真地在听。

久江至今仍记得奈津子当时的表情。

仿佛歌词的一字一句都深深刻画在心里的眼神。

久江记得歌词好像唱着"不让任何人打扰我们的两人世界"、"绝不放开你的手"之类的,有点感伤的情歌,而且稍微带点童话、梦幻,听在久江耳里,实在无法真心觉得那首歌是男性的承诺。

可是奈津子目光炙热地聆听着,看得久江都快脸红了。

久江真心觉得羡慕。

柚木只有在娇小的奈津子面前才会放松自己。

奈津子全心信赖高大的柚木,将自己交给他。

久江甚至觉得感动,原来有如此纯粹的关系。

当时的久江正后悔接受金本的一夜情,再加上新职场的压力,让她的精神状态呈现失调的状况。或许正因为如此吧,看着柚木跟奈津子,她觉得好像连自己都得到了幸福。

后来她也会单独跟奈津子联络,一起逛街、吃饭。奈津子会让人想要保护她,这并不单纯因为她年纪较轻,而是本质上的问题。久江心想,柚木大概是喜欢奈津子的这一点吧。身为女性的久江,反倒有时会站在柚木的角度看这段感情。

约莫一年后他们结婚了,婚礼只有亲朋好友参加。虽然捧花被奈津子的妹妹抢走,但久江认为那是一场成功的婚礼。

"你一定要让小奈幸福喔。"久江说。

柚木温柔地笑了。

久江不愿意去猜想那个微笑是否有任何的虚伪。

另一方面,川西惠的案件出现奇妙的发展。

"……我不懂。"

才刚走进局里的小会议室,里谷开口就说犯人说不定是川西惠身边的人。

他的主张如下:

如果犯人单纯为了抢钱而袭击川西惠,应该会先持刀要挟

"把钱拿出来"，结果遭遇对方抵抗而刺杀她。假使是这样，伤应该不止腹部一处，因为抵抗的过程中，刀刃应该会划伤手腕或手臂这些地方，造成防卫性伤口才对。

然而实际情况并不然，川西惠仅腹部一处受伤，其他地方连一点擦伤都没有。

"那为何会突然变成熟人的犯罪？"

里谷斜眼瞪着插嘴的原口说：

"你实在迟钝。换言之，我认为有可能犯人的目的一开始就不是抢钱，而是伤害川西惠，也就是因为某个原因而憎恨她的人的犯罪。"

"但若是熟人，川西惠一开始就会告诉我们犯人的身份，不是吗？"

里谷咋舌道：

"你脑袋里是装的糨糊吗？我说过是熟人吗？我只说是川西惠身边的人，当然也包括对方知道川西惠，但川西惠不认识对方的可能性。"

原来如此。

"跟踪狂这条线吗？"

"对。而且听说川西惠周旋在男人之间，有很恶魔的一面。"

应该说是玩弄男人于股掌之间吧。久江心想，但她忍住没说出口。

原口又追问了：

"那么背包被抢呢？"

"那应该是掩人耳目吧，企图假装是刚好路过的抢劫案。"

嗯，假设与推理就到此结束吧。

久江翻开鉴识的现场检验报告书。

"不过，鞋印之类的……几乎采集不到呢。"

里谷点头。

"是啊。川西惠请求发现者叫救护车，对方就马上帮她叫了。这期间四周好像都没人经过，只有几台车经过，再者，救护车也是走那条路，因此鞋印全都毁了。"

宫田组长清清喉咙接话道：

"嗯，既然无法从案发现场找到线索，看来有必要改变方向。从明天起开始清查川西惠周边，特别是男女关系……或许有一两个川西惠并不在意，可是却认为自己被狠狠甩掉的男人。"

当天的会议到此结束。

翌日。宫田组长跟里谷负责到川西惠担任家教的两名高中生家里调查，久江与原口则到圣明女子大学找线索。

女子大学是很狭小的社会，才刚问第四个人，就找到知道川西惠的人。

"她有参加意会社团'DOLCE',去那边应该问得到。"

"意会?"

久江还以为是灵媒之类的社团,身旁的原口悄声告诉她:

"就是意大利语会话的社团。"

"啊啊,原来如此。"

询问"DOLCE"社团的所在地,得到的答案是位于大礼堂后方森林的另一边,一栋水泥墙建筑的三楼。

"……啊,找到了,'DOLCE'。"

久江记得"DOLCE"是"甜点"的意思,不,原本好像只有"甜蜜"的意思吧。

"打扰了。"

造访位于三楼的教室,里面有几位跟川西惠同世代的女学生们真的正一边吃着甜点一边聊天。甜美风两人,性感风一人,公主风一人,从发色、外形、服装、背包、鞋子到脚趾甲,全都无懈可击的四名小姐。

"抱歉打扰了,我们是练马警局的人,听说川西惠小姐是这个社团的人,所以前来拜访。"

笑谈声突然消失,气氛瞬间僵住。不过那也只是一瞬间,随即甜美风的其中一人笑了出来。

"哎呀,我们才正在聊惠学姐呢。听说她前晚被刺伤了?情况是不是不妙?"

"啊,没、没那么不妙……你们正在聊她吗?那太好了。"

问法跟平常问线索的方式大不同，久江认为在这里应该要临机应变，于是不经意地加入女学生们的谈话，听对方聊那名"惠学姐"的事情。

刚才那名甜美风的女学生马上问性感风的女学生说：

"她跟那个……片山老师的事是真的吗？"

"嗯，惠学姐换男友的速度很快，这次终于连老师都出手了。"

另一名甜美风的女同学也点头，她全身上下清一色都是粉红系。

"片山老师拿下眼镜后还蛮帅的，惠学姐是他读书会的学生吧？这种事好像常有。"

这时公主风的女学生不解地问：

"咦？专秀大学的汤川呢？"

这个问题由性感风的女学生回答：

"早在两个月前就分手了。"

早在两个月前？

"等一下……先暂停一下可以吗？"

久江稍微整理了点心跟饮料散落一桌的桌子中央。

"那个……我可以借用这张纸吗？"

"可以啊，请用。"

然后将应该是当作便条纸的废纸放在那里。

"首先，川西惠现在交往的是……"

久江在便条纸中央写下"川西"，圈起来。

"片山老师。"

接着写下"片山老师"，用一条线连接。

"然后之前交往的是专秀大学的……"

"汤川同学。汤、川。"

在川西的下方写下"汤川"，再画一条线。

久江用这种方式询问，接二连三问出几个男性的名字。或许是当事人不在她们面前，只要久江问，她们就毫无顾虑地爆料。

久江觉得这些女学生可能讨厌川西惠。但若非讨厌，而是这样的人际关系在现今社会是很普遍的话，那反而更让人觉得恐怖，而且她们全都是川西惠的学妹。连身为学妹都这种态度，要是身为同辈或前辈，又到底会说出什么劲爆的内幕来呢？

"换言之，简单来说就是这样。"

川西惠在这两年内至少换了七名男友，前一个男友是专秀大学的学生汤川慎治，现在则是跟这所大学的片山范久副教授交往。

"川西惠跟片山副教授的交往顺利吗？"

性感风女学生和公主风女学生对看一眼后，暧昧地摇摇头说：

"不，好像是在被刺伤前不久吧……听说他们好像因为怀孕的问题而吵架。老实说，她本人也无法确定怀的是片山老师的小孩吧。"

现在问这个问题，久江大概可以猜到会得到怎样的答案，但她不得不问。

"对了，跟川西惠交往过的男性当中，有没有人是憎恨她的？"

回答的还是性感风的女学生，她说：

"这个嘛……惠学姐人比较随便，可是个性不错，应该不会有人恨她……但片山老师就有点不妙了吧。"

"怎么不妙？"

"嗯……听说他有机会升教授。而且就算不提这件事，结过婚的老师让学生怀孕……也难怪他会想杀她。"

久江当然不会全部当真，但还算是可以参考的线索。

等下午的课结束后，他们找片山副教授问话，地点就在他的研究室。

"是的，我听说她被暴徒袭击，我记得新闻也有稍微报道过。"

他的态度没有任何可疑之处。

偏短的头发，胡须剃得很干净的下巴，散发出整洁感，很普通的四十来岁男子。五官的确长得不错，久江可以理解女学生们说他拿下眼镜后还蛮帅的心情。

"不好意思，必须请问你一个非常失礼的问题……请问你前天晚上人在哪里？"

片山似乎已经知道他会被询问这个问题。

"那个时间我人在家里……能替我作证的只有内人，不过这在法律上是没有作证能力的吧？"

听到"没错"的回答，片山露出十分困扰的表情。

"我想这事只要警方一查马上就会知道，因此我就自己先坦白了。我的确跟她在交往……但是我绝对没有杀她，也没动过这个念头。只要能洗刷我的嫌疑，无论是验指纹或是DNA，我都愿意配合。"

如果不是对自己的犯罪很有自信，就是他真的与此事无关。目前这个阶段还无法下定论，因此久江他们先帮他按了指纹，并拿走两根含毛囊的毛发。

把指纹跟一根毛发交给原口带回警局后，久江拿着另一根毛发前往霞之关，再度造访科研所的柚木。

"是你啊，鱼住。结果大致出来了。"

柚木才刚露面，随即又转身走回去。再出现时，手上抱着约五厘米厚的一叠纸。

"手帕上附着有两种皮脂、两种皮肤、一种毛囊，还有泥土、沙粒、枯叶的碎片，以及……男性用整发剂。鱼住，你对这个毛囊跟整发剂有兴趣吧？"

一见久江颔首，柚木机械似的继续说下去：

"关于整发剂，我还没比对完国内可以买到的所有制品，所以无法百分之百确定，不过我想能够完全吻合的应该只有这一种。"

柚木出示整叠纸中间夹带着便条纸的那一页。

"'卡兹西'这个品牌的野性魅力动感发蜡。就是这个。"

柚木从口袋里拿出一个扁平的圆形粉红色物体，大小跟圆形洗面皂差不多。

"那是什么？"

"我不是说了吗？整发剂啊，像这种乳液状的。"

柚木转开粉红色物体。没错，里面是白色乳液。

"听说可以将微长的头发整理成微翘、有生命力的发型。这家公司找来当红偶像拍电视广告，听说卖得不错，在便利商店花个五百圆就买得到，主要消费群是初中生和高中生……"

久江这才终于想起来，她确实在电视上看过这个商品的广告，只是那支广告拍得太美，反而很难让人联想到是整发剂的广告。

不过姑且不论这一点，久江似乎看出一个很大的破绽。

"对了，你会用这种东西吗？"

"不会，我洗好头会抹一点养发液，不会用整发剂。"

"跟你差不多年纪的人呢？"

"应该也不用吧，而且我刚才不是说过了吗？主要消费群是初中生和高中生，我们这个年纪的人，连买都会觉得不好意思。"

跟久江猜想的一样。原来如此，久江懂了。

接过鉴定结果以及跟那盒整发剂有关的资料、商品，久江点头道谢，不过她实在无法就这样离开。

"柚木。"

她开口留住转头就要离开的他。

"我听说你跟小奈离婚了，真的吗？"

柚木有些在意周遭的眼光，不一会儿才点头，然而却不发一语。

"我记得我说过吧！要你给小奈幸福，我在婚礼上说过吧？"

柚木没有看她，只是再度点头说：

"抱歉……这件事改天我再好好跟你说，今天先失陪了。"

柚木抱着不需要的文件再度走回里面的房间。

久江跟旁边办公桌的所员目光相对，气氛有些尴尬；她不自觉地点头致意，随即离开。

事件发生后川西惠抓着的手帕上附着的整发剂，那是以初中生和高中生为消费群，粉红色塑胶盒的发蜡。

片山副教授不可能使用这个，事实上练马分局刑组课（刑事组织犯罪对策课）鉴识组保管的毛发已经判定不属于片山，此外该鉴识组也提出见解，认为该毛发应该是较为年轻，约二十岁前后的男性所有。

川西惠的男女关系再怎么复杂，也不过是女子大学的学生，而且打工也只是当家教，同时间能交往的男性数量是可以掌握的。再者，这回锁定的男性对象是二十岁前后，以国、高中生为消费群体、使用发蜡的人。

负责调查川西惠家教工作地点的宫田组长陈述了他对两名学生的印象——

"我们最先找到的是田中正英，标准模范生的样子，留着娃娃头，就像魔法师电影里的男主角的感觉。"

久江大致可以理解他想表达的意思。

"不过另一名学生山中行斗就……对吧？"

里谷点头接着说：

"很爱打扮的小鬼，就像……正好就像那个。"

里谷指着久江带回来的"野性魅力动感发蜡"的宣传单。

"像那样把头发竖起来，弄得乱七八糟像刚起床一样。我个人呢，对看起来很认真的田中比较有好感。"

嗯，一般人应该都有同感吧，而且这一点在解读这起案件上，也是绝不容忽视的线索。

久江转向宫田说：

"组长，我打算明天再去见一次川西惠，或许这起案件，可以在那里解决。"

宫田严肃地颔首。

里谷与原口一头雾水地面面相觑。

翌日，星期天，上午十点。

久江造访病房时，川西惠已经康复到可以坐在病床上了。

"太好了，我看你脸色好很多了。"

川西惠点头，不过那是谎言。她从久江走进病房的那一瞬间起，表情就一直很僵硬，脸色也偏苍白。

"今天我有很重要的事要请教你，所以才来拜访的。"

川西惠短短地呼了口气，看来已经做好心理准备。

"川西小姐，刺伤你的犯人其实并非陌生人，也不是身材高大的男人，而是你很熟悉，且很重要的人……我说对了吗？"

川西惠的表情慢慢扭曲。原本就不是经过深思熟虑才说出口的谎言，只要打破缺口，接下来要让她吐实，就很快了。

"听我说，川西小姐，犯人要是就这么被逮捕，我想应该会因伤害罪而被判拘役，但是目前这个阶段，还有自首这个方法，端看后续处理的方式，或许还有缓刑的可能。我想你原本就不希望刺伤你的犯人被警察逮捕，接受审判，入监服刑，对吗?"

川西惠垂下头,看起来也像颔首。

"其实你想帮他,其实你不想犯人受到伤害,所以你说谎,假装是在路上遇到强盗……我说对了吗?还是我太过自大胡乱猜测?"

川西惠微微摇头。可是光这个动作,无法了解她否定的是什么。

"拜托你,跟我说实话吧!我会尽最大的努力让你的希望成真,所以……好吗?请告诉我真相。"

这次她很肯定地点头了。

水珠滴落在白色的棉被套上,散开成透明的水渍。

"那个、我……跟大学里的片山副教授……有婚外情,可是我完全没有想要把他从他太太身边抢过来,也不是因为他已经结婚了,充满刺激感,所以跟他在一起……我只是看到老师非常忙碌,总是绷紧神经,想替他加油,所以帮他泡咖啡,买东西给他吃,没想到就这样慢慢地产生……"

好痛,应该已经痊愈的伤口开始隐隐作痛。

久江很了解,非常了解。

"可是我知道这是错的,老师也有学校的立场要顾及……就在我烦恼不已时,有人关心我,问我怎么了……那个人就是我的家教学生山中行斗。"

没有化妆的素颜上,豆大的泪珠滑落。川西惠并没有擦拭，接着说：

"我好开心……我常常被朋友骂笨蛋，说我只要有男人约就答应，马上就爱上，可是却总是没多久就被抛弃，恋情无疾而终……只要我跟某个人交往，大家都会摇头，觉得我无可救药，所以当行斗关心我时，我真的非常开心。因为他，我终于决定跟老师分手。"

久江原本觉得惋惜，川西惠明明这么年轻，这么漂亮，怎么会这样呢？不过念头一转，又觉得她一旦陷入热恋，一定不在乎自己的外表等条件吧。

"然而……或许从那个阶段起我就做错了……我自然而然也跟行斗开始交往起来……我不知道该怎么办才好……就在这时候，生理期突然没来了，我整天想吐。"

怎么会？这里的医生并没有说川西惠有怀孕的征兆。

"跟老师谈分手时，我也不停用手帕捂着嘴……行斗很担心我的状况……他对我真的很认真……甚至还说如果我怀了他的孩子，他就要去工作，不考大学了。"

久江心中终于将所有的线索兜在一起了。

"我说这样不行，因为孩子有可能不是他的，而是老师的……行斗一听非常生气……这是案件发生前一天的事情。案件发生当天，我去田中家当家教，结束后就直接回家。我买了验孕棒来验。验出来的结果是阴性，我没有怀孕。我正想赶紧告诉行斗时，他就打电话来了，我说我也正好有事要跟他说，于是他就到我家附近来……然后我什么都没带,关上门就出来……如果我至少带了手机出门就好了,可是我连手机都没带。"

换言之,她的背包根本没被抢,而是她并没有带出门。

"那么手机那些东西都在你家里吗?"

"是,都在家里……对不起。"

原口打了好几次川西惠的电话,但是总处于收不到讯号的状态,为何呢?是否刚好没电了呢?

"总之继续说下去。"久江催促着。

"是……然后……我才刚要开口,他就突然说:'别的男人的孩子,我亲手替你解决。'接着拿着刀刺向我……实在太突然了,我虽然闪身躲避,却没有避开,被他刺中……刺中我,他也非常慌张……似乎见血了,他才比较清醒一些……我对他说:'没关系,你快走。'他才赶紧离开……我顿时觉得不舒服,从口袋里拿出手帕捂住嘴,结果手上沾了好几根他的头发。"

就在她试图擦掉头发时,本木浩正发现了她,并替她叫了救护车。事情似乎就是这么一回事。

川西惠一案最后决定由她自己去劝山中行斗出面自首,今后的重点将是两人如何同心协力,向法庭展现悔改之意吧。

对了,川西惠并没有想到那条手帕会那么容易被发现,她以为只要丢到漆黑的围墙另一头，那户人家就会随便帮她丢弃。只是，怎么可能会发生这种愚蠢的事？案发现场的周边，无论是他人的庭院还是臭水沟底，警察都会彻底搜查。

别把警察看扁了。

几天后，久江再度造访科研所。

为的是之前硬是拜托鉴定的道谢。其实这只是借口，目的还是她对奈津子的离婚还有疑问，想要柚木给她合理的说明。

只是手边没有正事当借口，其他部门的门槛就突然变得有些跨不过去。要是她要求找柚木先生，对方却回应："柚木现在有点忙，请问有什么事？"她总不能回答"我想要教训他"吧。

那么，该怎么办呢？耐着性子等柚木出来，然后再假装偶遇跟他打招呼吗？就在她这么思索时，突然有人从后面拍了拍她的肩膀。

"你在这里做什么？"

一回头，看见了一张她不知道该如何应对的脸。

"……金本。"

他严肃地蹙着眉头，瞪视着走廊前方科研所的入口说：

"怎么？小奈那件事你还耿耿于怀？"

"我并非耿耿于怀……"

其实她是耿耿于怀的。

"只是啊……你就适当地放他一马吧。"

"怎么？你了解内情？"

"我也不是很了解。"金本搔了搔头开始说：

"柚木他……你也知道他的个性，要他在工作上偷懒，打死他也不可能，小奈应该很了解这一点，才会跟他在一起。她理智上了解，然而情感上却无法忍受，我想是太寂寞了吧……她开始独自酗酒，后来还住院，内脏全出了毛病，而且她似乎严重酒精中毒。"

"怎么会……"久江说。然而却仅此一句，就再也说不出话来了。

"离婚是在那一年后，我听说开口的人是小奈，她对柚木说：'我其实真的很想做你的后盾，对不起……再这样下去，我只会变成你的负担，请跟我离婚。'听说她在医院里哭着跪下来求柚木。"

久江忍住了想要脱口而出的话，因为她看到了从科研所门口走出来，已经换上便服的高大男子。

正是柚木。在他身后，一名同样身材高挑的女子追上去，那是坐在走进房间立刻就可以看到的办公桌旁的组员，总是走进后面的房间帮久江把柚木叫出来的女性。

两人有些顾虑地肩并肩走向电梯。久江瞄见了柚木的侧脸，温柔的笑容。过去只有跟奈津子在一起时才会在柚木脸上看见的表情。

"那家伙也很痛苦……现在他终于要走过来了。当他处于人生低潮时,是那个女孩支持着他。那女孩虽然很年轻,不过个性很强韧。我觉得……那样也好。"

是好是坏,久江已经不知道了。

现在的她只是迫切想要见奈津子,见到奈津子,她想握着她的手,对她说:"好久不见,你好吗?"

她现在只有这个念头。

Part 03 第三章

为了某个人

最近久江很怕夏天。

地球暖化，空调房的温度固定在二十八度，明明大家都处于相同的状况下，久江总觉得周遭的人比她适应这样的环境。

该不会是更年期障碍……

没错，她的生日是快到了，不过更年期是不是太早了一些？她才四十二岁，心态上还在三十多岁，可是身体跟不上。是这样吗？特别是外出办案时更是难受。

"怎么了，鱼住前辈？"

看到久江瞪着擦拭额头的手帕看，走在她身旁的峰岸巡查长一脸诧异。峰岸才三十岁出头，还在理所当然不怕热的年纪。他虽然没穿外套，不过领带倒是一板一眼，即使这样，他仍旧处之泰然。

"啊啊……这么热，身体不太受得了……不知道是不是年纪的关系。"

话才刚说完，峰岸就往前比久江多踏出半步，然后屈膝看着久江的脸说：

"你在说什么啊，你还这么年轻，长得又可爱。"

呃，可爱？

"年纪大了这种话不可以自己讲，鱼住前辈是可以一直保持年轻的那一型。"

呃、那个，年轻、可爱之类的话能不能再讲详细一点——就在久江暗自窃喜时，放在手提袋外侧口袋的手机开始振动。

"抱歉。"

取出手机，小荧幕显示"金本健一"，前前后后算起来已经是十几年老交情的警官前辈，他到现在仍在总部服务，不过自从去年秋天偶遇后，他常会拨打私人电话给久江。

"喂，你好。"

"嗨，是我，现在能说话吗？"

"可以，不过我人在外面。"

"你生日快到了吧？"

太巧了吧，现在跟我讲年纪。

"是啊，怎么了？"

"一起吃个饭吧？"

我是那种认为口气粗鲁就象征男子气概的年龄层吗？

"很不凑巧，那晚我当值。"

"那么前后找一天也可以啊……晚上空出来。"

又来了，随口就用那种微妙的语气约人，不过我这几年也不是白活，不会再像当年一样，什么都没想就跟着走。

"如果要谈回总部的事，我之前已经拒绝了。"

"不是只有那件事，其他也还有许多事要跟你说。"

"抱歉，我现在在调查一件很麻烦的案件。"

假的，现在的练马分局重案组没有特别的案件，白天大概就是像这样，带着新进刑警巡逻辖区而已。

"那么等事情告一段落……"

"好啊，等我有空再跟你联络，再见。"

金本好像还想说什么，管他的，挂了。

峰岸担心地蹙着眉头望向这边。

"谁打电话给你？"

"嗯？啊啊……"

以前的男人。

如果开玩笑这么说，这个年轻人会有什么反应呢？久江的内心并非没有调皮的一面。

生日当晚必须值班并非借口，而是警察的常态，不过久江已经过了会因此而难过的年纪了，而且与其自己买一个喜欢的蛋糕回公寓，留在警局值班，反而还能期待一点点小惊喜。

惊喜会像这样出现。

"鱼住前辈，生日快乐。"

十点过后没多久，峰岸提着一个小盒子走进刑警办公室；很幸运的是，刑组课其他组员不是去洗澡就是去吃饭，全都不在。不，峰岸是算准这个时候来的吗？

"什么，蛋糕？谢谢。"

"你之前说喜欢吃这家的香蕉塔。我先去泡咖啡。"

并不是久江自大，这是她很机械式地解读峰岸过去的发言得到的结果——似乎这位年轻人是仰慕她而来刑组课重案组的。

前不久他还只是很普通的地区课警员，恰巧派驻的派出所辖区内发生案件，后来他就常常来支援重案组办案。之后没多久他的调职申请通过了，也拿到了搜查专科讲习的上课资格，然后成功地通过考试，开开心心地成为刑组课重案组的正式成员。

原本重案组的人数就不足，再加上迎接大量退休潮，警界整体出现搜查经验者减少的倾向。或许是因为那样的影响，听说讲习也从一年一次增加到两次。换言之，这个时代想要成为刑警并非难事，具备了对峰岸有利的条件。

话虽如此，久江并不认为他是单靠运气的快餐刑警，他很认真，兼具热情与体力，素质很好。似乎对她有好感也是稍微加分的优点。

"咖啡来了。"

"嗯，谢谢……我开动了。"

没错，这家香蕉塔真的很好吃，奶油甜得很优雅，不腻口这点很棒——正当她开心地吃着时，天花板上的广播器吵死人地响了起来。

警视厅来电，丰玉北一丁目，荣印刷工厂内发生伤人事件，有两名伤者，犯人从现场逃走，各相关人员尽快前往现场。

这就是刑警的现实，连这种程度的小幸福都无法长久。

很浪费，可是已经没有慢慢品尝的时间了。将剩余的香蕉塔一口吞进去。

"鱼住前辈……我也……一起去。"

"好……走吧。"

对了，峰岸，你鼻子沾到奶油了。

案发现场距离警局一点五公里左右，搭出租车不用五分钟。

他们请司机在一百米前的转角处停车。前方是单行道,而且现场周边的道路必定封锁起来了,如果再开进去,回程就得倒车出来,这样对司机不好意思。要是遇上后来的警车,也很麻烦。

"我来付钱,你请先下车。"

"好,麻烦了。"

付钱之事交给峰岸,久江率先下车。

前往现场的马路右边是一大片社区,虽然有路灯,可是由于绿地多,抹不去漆黑的感觉。相对的左边则是一整排很普通的民房。

久江快步前进。大概是附近的居民吧,穿着睡衣的小孩、穿着短裤慢跑的中年男子走到马路上来,朝着案发现场方向探头探脑。也有年轻情侣。不过算起来人数只有十多名,并未造成太大的骚动。

"辛苦了。"

久江向维持秩序的制服警察打声招呼后,越过围在案发现场前二十米的封锁线。峰岸也跟上来了。

"我们最先到吗?"

"是啊,今晚我值班。"

如同通报,现场是在印刷工厂内,写着正式公司名称"荣印刷株式会社"的招牌就挂在二楼窗边。大致看一下,并不是很大的建筑物,建平大约三十平方。

入口位于第一条巷子转进去的地方。

"有人在吗？"

久江往内看。室内点着荧光灯。首先映入眼帘的是几台印刷机器，由皮带、操纵杆、操作板、钢筋与树脂制的外壳组成，相当大型的机器。机器配置的位置算是相当宽敞，各机器周围放着成堆的纸张、木制托盘、印刷滚筒、推车等。考虑到时间或许是理所当然，现在每一台机器都没有运转。

那些机器与机器之间的通道上有三条人影，一名是制服警察，其他两名都穿着绿色POLO衫。

警察是江古田车站前派出所的内村警部补。

"辛苦了。"

"啊啊，是鱼住警官……辛苦了。"

穿着POLO衫的两人都受伤了。站着的三十多岁年轻人手上缠着白色毛巾，毛巾还渗出血来，而坐在地上的另一人看起来像五十多岁，也是用毛巾压着头；他的出血状况很严重，周边的地板也有相当多的血迹。

"救护车呢？"

回答者是内村。

"就快到了。"

久江转身问站着的年轻男子。

"请问……听说加害者立刻就逃走了，你知道是什么人吗？"

内村看着男子的脸等他回答。

"认识……是前天还在这里工作的男性,姓堀。"

"堀什么?"

"呃……堀、堀……"

下方传来声音说"晃司",是那名坐在地上的男子。

看来问他比较快。

久江当场蹲下再问:

"堀晃司先生……几岁呢?"

"三十岁左右。"

"知道他住哪里吗?"

关于这个问题,男子轻轻摇头说:

"找出履历表,应该就会知道。"

"履历表在这里吗?"

似乎是伤口很痛,好一阵子没声音。最后男子才指着工厂里面。年轻男子接着说:

"在办公室,履历表放在办公室。"

"现在可以拿给我看吗?"

年轻男子暧昧不明地点点头,嘴里喃喃说着"我找得到吗",转身往办公室走去。

内村将手上的笔记夹板拿给久江看。

"刚才那位是本桥和夫先生,这一位是中原贵之先生,中原先生是这里的专员,今天只有他们两个人留下来加班。"

"案件的经过呢？"

"还来不及问。"

忽地，峰岸拍拍久江的肩膀说：

"救护车来了。"

久江回头往门口看，发现制服警察正在对救护人员说明。她急忙起身，挥手表示"不要进来"。再继续破坏现场，并不恰当。

接着她再度蹲下，说：

"中原先生，你站得起来吗？"

对方点头，于是内村跟峰岸伸手协助他起身。久江也跟在他们后面，把中原交给救护人员。

正好这个时候本桥回来了。

"找到了，就是这个。"

"谢谢。你的伤势还好吗？要不要一起上救护车？"

他苦笑着拒绝说：

"我没关系，只是一点擦伤而已。"

"这样啊……那么可以请你到外面谈话吗？"

"好，没问题。"

久江直接将本桥带出门外，并吩咐已经将中原交给救护人员，目前有空的峰岸叫分局的鉴识人员过来。

接着她从背包里拿出笔形手电筒，照向本桥拿给她的履历表。

堀晃司，从出生日期来算，今年三十一岁，填写履历表的日期约在半年前，上面贴的照片是一张感觉有些怯弱的长脸，地址是中野区上鹭宫三丁目，属于野方分局辖区。

"你们跟这位堀晃司先生发生了什么事？"

本桥蹙起眉头，轻轻叹了口气后，说：

"我当时在里面换裁断机的刀刃，所以不清楚是怎么开始的，当我因为听到声音而往门口看时，堀跟专员已经吵起来了。"

"吵些什么呢？"

"我好像听到堀嚷嚷着'还给我'之类的，专员则回答'我没拿，不知道'。可是堀完全不死心，一直怒吼着'还给我'、'还给我'。当时我也还在作业中，没想到才一没注意……突然就听到专员大叫，我回头一看，堀怒吼着'别欺人太甚'，手里还拿着封缄器正打算打专员。"

封缄器？

"那是什么？"

"打包带专用的封缄器。"

本桥一边说，一边指着放在入口旁，十几个木制托盘叠起来的最上面的小纸箱，从打开的封口可以看到像是铁杆的东西露在外面。

"那个箱子里的东西就是凶器吗？"

"不是，他拿的那一支，应该掉在里面了。"

久江也往地上望过去，很可惜从这里不可能看得到。算了，待会拜托鉴识人员找。

久江从托盘上的箱子里拿出一支做参考。

"就是这个吗？"

"对。"

乍看很像大型老虎钳的东西，有V字形把手，不过前方的形状更为复杂，应该是用前端夹住什么东西，用力扭动吧。的确，被这个打到一定会受伤，一不小心说不定连命都没了。

"拿这个用力打吗？"

"是啊……像是冲过去袭击的样子。我心想危险，连忙上前阻止，可是被打中一回……很丢脸，我因为害怕就……专员也奋力抵抗，被打中手臂还是肩膀一两次，最后头也……被用力打中。"

好痛，那一定很痛。

"血一股脑地冒出来……看到那种情况，堀大概也害怕了吧，脸瞬间刷白，一溜烟就逃走了。"

头只被打中一次，真是不幸中的万幸。

没多久鉴识人员也抵达现场，工厂内完全禁止进入，久江他们把握时间，跟几名地区课警察分头搜索周边，不过并没有发现疑似堀晃司的人物。

一小时左右，重案组的宫田组长、里谷刑警长、原口巡查长等人也到了。

"所以犯人已经确定是那个叫堀晃司的男人了吗?"

这么问的宫田以及里谷、原口全都酒气冲天。他们一起去喝酒了吗?那么为何不找峰岸一起去?久江心想,不过随即改变想法:说不定他们找了,而峰岸拒绝了。

"对,因为有目击者。已经知道他住在哪里,现在就过去吧。"

于是借了一台来案发现场的警车,由峰岸开车前往上鹭宫三丁目的堀晃司家。

久江给喝了酒的三个人瓶装水。

"把水喝光,还有,飞时酷薄荷糖,一人吃五颗。"

原口抵抗着说"我讨厌吃那种东西",里谷嚷嚷着不谨慎的笑话说"我怎么感觉自己像酒驾出事的家伙",而宫田则是在途中吵着要"尿尿",不过最后久江还是让三个人都喝了水,吃了薄荷糖。虽然酒臭味并没有完全消除,但至少降低到可以不在意的程度了。

抵达堀晃司家门口是十二点零三分左右。

里谷抬头看着房子说:

"他不是一个人住。"

堀家是都内到处可见的小型独栋房,从外面只看得到二楼的小窗有灯光,玄关的电灯已经关上了。

"他跟父母同居,而且是独子。"

久江手上有嫌犯的履历表，掌握了足够的资料。

宫田轻咳一声说：

"那么我们绕到后面，前面就交给你跟峰岸负责。"

"好的。"

久江目送喝醉酒的三个人转身，步伐蹒跚地离开。这样可以吗？是不是该找地区课或是其他组的人来支援比较好呢？说到底，这种事不是应该由组长发落吗？

算了，她身边有可靠的年轻"武士"。

"走吧，峰岸。"

"是。"

堀家没有类似大门的东西，直接就能穿过前院走到玄关。途中峰岸好像踩到了什么，"啊"了一声，不过随即出声说"没事"，久江也就没有理会，继续往里走。

来到门前。久江深呼吸后，举手按旁边的门铃。

"找谁？"

等了一会儿后，传来年长女性的声音。

"深夜抱歉打扰了，我们是练马警局的人。"

好一阵子的沉默。

"呃……有什么事？"

"我们有点事想请教，能否请你开门？"

再一次的沉默后传来惶惶不安的回答，久江察觉堀晃司的家人应该还不知道发生了什么事。

最后，玄关的门静静地开了。

开门的是一位五十来岁的女性，应该是堀晃司的母亲没错。

久江打开警察手册，出示身份证。

"很抱歉这么晚来打扰，请问你是堀太太吗？"

她蹙着眉头颔首。

"我是……请问有什么事？"

"是，请问晃司先生现在在家吗？"

她的表情更沉重了。

"是……那个……对，他在家。"

"我们有事想请教他，能不能进去打扰一下呢？"

她犹豫了几秒钟，不过一般这种情况不会拒绝，如果她坚决不肯，那么这个家庭很可能有问题。

"好……请进。"

"打扰了。"

一步入玄关，堀晃司的母亲说"我去叫他"，马上就要往二楼走。久江阻止她，表示要直接到二楼找他。

"他的房间是哪一间？"

"楼梯上去，左边的房间。"

久江一边道谢一边脱鞋进门。楼梯就在左手边，她小心翼翼地不发出声音，一阶一阶往上走。

走到底，发现二楼有三道门。走廊昏暗。最右边的小门应该是厕所吧，再过来有一道拉门。左手边只有一道门。

久江轻敲那道门说：

"堀晃司先生你在吗？"

传来轻微的衣服摩擦声，看来真的在家。

"很抱歉这么晚来打扰你，我是练马警局的人，有事想请教你。"

没有反应。

久江看了看门把，看起来似乎是可以锁的门把。

"可以开门吗？给我几分钟就好。"

她轻轻握住门把。

"可以吗？我开门了喔。"

缓缓转动。马上响起咔锵声。久江推开一个小缝。

"我开门了……"

久江慢慢推开门。房内点着日光灯，或许是没开冷气的关系，一股非常闷热的空气袭来，空气里夹杂着尘埃与奇妙的腥臭味。

"你好。"

门完全打开后，在左手边看到一名应该是堀晃司的人物抱膝窝在床旁，穿着T恤的上半身很苗条，穿着牛仔裤的双脚瘦到仿佛一折就断。身高应该颇高，发色漆黑，略长，感觉有些邋遢。看不到长相。

房间的右手边有书桌与书架，书桌上有计算机。正面则有窗户，窗户下方有一个架子，约到膝盖高度。架子上放着一个颇大的玻璃箱，乍看里面好像什么都没有，空的水族箱？

"晃司先生。"

依然没有反应。

"刚才位于丰玉北的荣印刷厂发生了暴力事件，被害者指控你是加害者……那件事是你做的吗？"

不知他是点头还是只是改变脸的方向。

"中原先生伤势严重，刚才已经被救护车送往医院了，另一名受害者是在同家工厂里工作的本桥先生。你到前天为止……啊啊，已经算是三天前了吧……也在那家荣印刷厂上班，对吗？你认识中原先生跟本桥先生吧？那两个人指控你是加害者。对中原先生跟本桥先生施暴的人是你、堀晃司先生吗？"

这回确实点头了。

"那么，可以请你跟我们回警局一趟吗？"

堀晃司动也不动。然而当峰岸向他伸手时，他很顺从地站起来了。原本久江打算他如果抵抗，要不惜以武力逮捕，不过他并没有露出抵抗的样子。

他们分乘出租车跟警车回警局。先将堀晃司关进拘留所后，久江他们回到刑警办公室听鉴识报告。

凶器似乎的确是那个。

正式名称为"PP打包带专用封缄器",简单来说就是一种工具,用以固定打包纸箱等所用的塑胶打包带用的金属器具。鉴识人员成功地从那支封缄器上采集到指纹与疑似是中原贵之的毛发与一部分头皮,接下来只要采集堀晃司的指纹比对,如果跟封缄器上采集到的指纹一致,那么本起案件就等于解决了。要是堀晃司也有跟现场采集到的鞋印相同的鞋子,那就更万无一失了。

刚听完报告,在后方的原口突然说了很奇妙的话。他说:

"对了,我在那个家的后墙上看到螯虾……螯虾在墙上爬喔。为什么呢?那附近有池塘吗……你说呢?里谷前辈。"

里谷回答"我没看到",不感兴趣的样子。

"你喝醉了,看到幻影了吧。"

久江赞成宫田组长的意见,一票。不,峰岸也点头,所以有两票。

侦讯从翌晨九点半开始。

负责的当然是久江,峰岸则担任记录员,不过就结论而言,他们一无所获。

堀晃司自始至终保持缄默。跟中原之间发生了什么事,要他归还什么东西,无论问几次,怎么问也没反应。久江他们也没有多少线索可问,因此一个半小时后就早早休兵了。

如果说上午还有什么收获,那就是拿到鉴识报告,确定从凶器采集到的指纹，跟逮捕堀晃司后采集到的指纹完全一致。

久江从食堂吃完午饭回来时，里谷跟原口也正好从外面回来。

"中原贵之怎么说？"

原口张开双手，摆出"不知道"的姿势，里谷则是一如往常地蹙眉，双手环胸说：

"你这么问我也不知该如何回答……中原本人也不太清楚，他说堀晃司一直嚷嚷着要他还图鉴之类的东西，可是他完全不记得拿过。"

"图鉴？"

听起来像小孩子在吵架。

"是什么图鉴也不知道吗？"

"不知道，他本来就不记得有这件事，怎么会知道是什么图鉴。"

会拿封缄器殴打对方，表示是很重要的图鉴吗？

"对了，中原贵之是怎样的一个人？"

关于这点是原口回答的：

"就一般的中年男子啊，无论问什么都是一问三不知，然后接下来就说'现在的年轻人啊'。我跟堀晃司只差两岁，老实说遇到那种人，真的很不舒服，典型的停止思考的老头子。"

里谷立刻怒吼着说"我跟中原只差一岁，混蛋家伙"，原口连忙安抚说"里谷前辈不是一般的中年人,是最强的中年人",才没有造成冲突。

下午他们分别外出侦讯,里谷他们负责堀晃司的双亲,久江他们则去荣印刷问员工。幸好天气变差了,并没有那么热,真好。

去荣印刷主要是问堀晃司平常的样子。第一个谈话的是昨晚的本桥和夫。他的伤势就跟他本人所言那样,只有稍微擦伤而已,虽然绑了绷带,不过动作如常。

"嗯……用一句话形容的话,他是一个很阴沉的家伙。他在公司是堆高机员,就是负责开停在里面的那台堆高机搬运货物。可是怎么说呢……工作不得要领,老是被专员斥责。他会辞职,应该也跟被专员怒骂脱不了关系。"

"他在这里工作多久了呢?"

"差不多要半年了,但工作内容还是记不起来。"

对了,履历表上的填写日期的确也是约半年前。

"公司里有谁跟堀晃司先生比较好?"

"嗯……穴井跟他都是堆高机员,应该比较有话讲吧。"

久江也去侦讯了那个人。

穴井恭介,二十九岁,微肿的单眼皮,发根长出一厘米黑发的金发青年,蓄着山羊胡。久江的第一印象是,看他的外表,应该不会是跟堀晃司合得来的人。

但她还是找他问话。

"听说你跟堀晃司先生很好？"

如久江所预料的，穴井面露苦笑，不解地说：

"我跟他也没有特别好啊，只不过我们的工作相同。虽然我比较年轻，但在这里算是前辈，我会拜托他做一些事，他有不懂的事情也会来问我，休息时间我们会闲聊……但顶多也只是这种程度而已。"

他从口袋里拿出烟盒，抽出一根衔上。万宝路淡烟（Marlboro Lights），打火机是金色的Zippo。

"堀晃司先生是怎样的一个人呢？"

他吐着烟，二次摇头说：

"我不知道……他不怎么说自己的事，感觉比较消极……差不多是那样吧。"

"他跟中原专员的关系如何？"

关于这点他似乎也不太了解。只见他想了一下，说：

"嗯，应该没有什么特别来往，不过就人际关系而言，那两个人应该合不来。"

"怎么说呢？"

"嗯……专员应该也是很用心想跟我们打成一片吧，他会关心我们这些下面的人，问问我们工作上有没有什么问题，偶尔也会带我们去喝酒。我是无所谓，不过堀似乎觉得很烦，而且专员还会一直追问我们的兴趣之类的。堀那个人比较不喜欢别人问东问西吧，可是专员完全感受不出那种气氛，甚至对方不回答还会穷追猛打。"

　　那的确是很讨厌，不过不可能因此就拿那个来打人。

　　关于图鉴，久江也询问穴井是否知道些什么。

　　"啊啊，堀好像拿了什么给专员，我不知道是什么图鉴……专员好像认为互相借东西那些就能缩短彼此的距离，每次一提到什么，就会随口要对方拿来借他。堀可能是当真了吧，不过我想专员大概是忘记还了。那个人并不是真心想要跟我们交流。"

　　这时正好卡车来了，穴井说了句"可以了吗？"，随即转身回去工作。

　　之后也找了社长，即中原贵之的亲哥哥问话，不过他原本就不太知道堀晃司，因此没问到什么特别有参考价值的情报。

　　告辞后走出工厂，就听到后方传来"刑警小姐"的呼唤声。久江回头一看，正好看到穴井从堆高机上跳下来。

　　"有什么事吗？"

　　久江这才发现穴井的脚似乎受伤了，或者原本就有残疾；他稍微拖着左脚快步走过来。

　　"那个……我突然想起一件事，不知道有没有参考价值。"

　　"什么都没关系，请告诉我。"

　　"是……那个，堀辞职时我曾跟他说过话，我问他不做了吗，结果他点点头，然后……说了类似'这里也不需要我'之类的话，当时我觉得他怎么说这种小看自己的话……不，我并没有当面对他说，现在回想起来，当时的堀看起来很寂寞。我突然想起这件事……嗯，就只有这样。"

"'不需要我了'吗？"

"这样啊……嗯，谢谢你提供线索。"

"这算线索吗？那太好了。"

穴井再度朝久江点头后，便赶回堆高机那边去了。他的右脚很有力地蹬着地面往前走。

回到警局已经快接近傍晚。

宫田跟里谷早已回到刑警办公室。

"咦，原口呢？"

结果这次换里谷摆出"不知道"的姿势。该不会最近正在流行吧？

"那小子很在意螯虾的事，说要单独留下。我骂他无聊，但他还是坚持留下，我拿他没办法，只好一个人先回来了。"

"搞什么啊！"

真是的，又不是小学生。

"证据大概也收集得差不多了，或许他认为本案已经形同结案了吧。"

"嗯，或许是吧。"

这边连口供都还没录好呢。

"算了,不理他了。堀晃司的双亲如何?感觉是怎样的人呢?"

"嗯……受到相当大的打击,母亲痛哭着说不知道该如何跟专员道歉,父亲则是一脸严肃。堀晃司在进入那家公司之前,好像把自己关在家里好几年,也就是现在流行的'尼特族'。他大学毕业后曾在文具公司任职,然而不到一年就辞职,接着便一直待在家里。二十六岁时,在父亲的介绍下曾经做过房屋中介,但也是半年多就放弃,然后又关在家里。在进入荣印刷之前也曾试过一两个打工的工作,可是全都不持久,每次一辞职就把自己关在家里。"

然后这次还用那个殴打工作了半年的荣印刷的专员遭到逮捕吗?

幸好堀晃司的双亲都住在都内,他还有老家可以回,否则是不是就会变成"网咖难民"呢?

"堀晃司的犯罪动机是什么?"

久江不自觉喃喃自语。结果宫田一脸"实在太不像话"的表情,边摇头边起身说:

"应该没有特别的理由吧,图鉴什么的也不是很明确。我想是因为工作的事被斥责,他一气之下就辞职,把自己关在家里,然后又想起借出去的东西还没拿回来,于是前去追讨,结果之前被斥责而累积下来的郁闷与愤怒突然爆发……应该就是这么一回事吧。"

真是如此吗？不，这样或许能说明表面上的动机，可是存在于堀晃司内心里的，真的是那么肤浅的愤怒吗？

穴井专程来跟她说的那句话，突然在脑海中苏醒。

这里也不需要我——

堀晃司讨厌不需要自己的世界或是整体社会。这样认为太过牵强吗？

就在此时，有一个人突然冲进刑警办公室。

回头一看，原来是原口。

"事情大发了，或许我立了大功。"

他右手抓着一个充满空气的塑料袋，很自豪地高举给所有人看。

"我昨晚看到的不是螯虾。"

峰岸好奇地来回望着原口的脸跟塑料袋。

"呵呵……其实原来是蝎子。我在他家后院找到了三只。"

里谷害怕地问："喂，没危险吧？"

"不知道，不过我跟堀太太借免洗筷抓，所以没被蜇到。像这样摇晃，蝎子就会掉到下方，所以并不觉得有什么危险。"

对了，那间房间的窗边有一个空的水族箱——

久江立刻前往同一楼层的拘留办公室。

"抱歉，我要找堀晃司说话。"

如果可以，久江很想直接打开通往拘留所的门走进去，可是她办不到，因为门上锁了。

"干吗，鱼住？突然跑来。"

坐在后方桌前的拘留组组长几野警部补起身，蹙着眉头往这边走来，另外两名组员也一脸诧异地望着她。

"已经这个时间了，你想说什么？我们晚餐都吃完了。"

"我有急事，要立刻找堀晃司问话。"

"你不是新来的，应该知道在拘留所是不能侦讯的吧？"

我知道，我很清楚搜查跟拘留业务必须分离，可是——

"宫田会立刻来办手续，请快点带他出来。"

"怎么了？发生什么事了？"

幸好宫田马上就拿着印章过来。几野看着宫田在被拘留者出入名册上写下姓名，不满地说"你的字还是这么丑"，不过还是指示组员"把人带出来"。

组员颔首，从钥匙柜上取出钥匙，然后插入钥匙孔，打开出入拘留所的门。

门才刚打开一点，久江便强势拉开门冲进去。

"啊，喂！"

成年男性拘留室在通道左边第三道门。

按下门旁的按钮，在里面的当值组员立刻开门。一走进去就是拘留室一览无遗的看守台。

"咦,鱼住,什么事?"

"堀晃司呢?堀晃司在哪里?"

横向一列共有六间房间,其中只有中间两间的门前放着拖鞋。

"抱歉。"

久江自行向前,窥探米白色的拘留室内。堀在右边数来第三间房间里。

"堀晃司、堀晃司。"

他抱膝窝在右侧墙边,跟在他家看到他时的姿势一模一样。

身后传来人的气息。宫田跟几野正在斗嘴,不过久江没空理会。

"堀晃司,我有事要问你,你是不是养了蝎子这种东西?"

堀晃司缓缓抬头,斜眼瞪着她说:

"……'蝎子这种东西',这样说话太失礼了吧?"

"如果让你觉得不舒服,我道歉。可是我很急,你是不是养了蝎子?有还是没有?"

他像个孩子似的点头。

"养了几只?"

"十、只。"

这么多？

"那些蝎子呢？"

"我从走廊的窗户……丢进……后院里了。"

久江觉得额头冒冷汗。

"你养的蝎子……是什么种类？"

堀晃司沉默了几秒，最后喃喃地说了些什么。

"呃，什么？"

"……列……蝎。"

"听不到，大声一点告诉我。"

"以色列……金蝎。"

"以色列金蝎？以色列金蝎吗？"

确认堀晃司点头后，久江连忙赶回刑警办公室。

"原口，查一下以色列金蝎是怎样的蝎子。"

原口回答"好"，并且在前往有计算机的办公桌途中，将手上的塑料袋交给里谷。里谷虽然口中喃喃说着"拜托别给我"，不过还是伸手接过来了。

宫口也跟着回来了。他问：

"喂，鱼住，蝎子该怎么处理？那种东西归哪个单位管？"

"先通知保健所与地区课吧。"

"嗯，没、没错……可是人手不够也挺那个，我看也通知生活安全课好了……还有也要通知野方分局才行。"

没多久，敲打着键盘的原口"啊"地惊呼说：

"不妙，以色列金蝎有好几种，每种都有剧毒。"

才刚说完，里谷立刻要将塑料袋塞回给原口。知道原口不会接过去，他改递给峰岸、宫田，最后想塞给久江。

"别拿给我，里谷。总之你先把它们放到别的容器去，然后交给警务保管……我们也赶紧前往现场吧。"

不知道为什么，里谷连去现场都不太愿意，讲了一大堆借口。

没想到会引发大骚动。

保健所，练马分局、野方分局的地区课、生活安全课，总共约有五十人穿着工作服开始搜索堀家附近一带。作业开始后约三十分钟，已经有几名消息灵通的记者赶到现场来了。

堀家的围墙距离房子约五十厘米，房子后方，围墙的另一头是月租型停车场，停车场并没有铺上水泥，沙砾的地面上用绳子规划每一台车的区域，杂草也处处可见。

"啊，找到了！"一人叫着说。

"这边也有一只！"随即某处也传来声音。

已经发现四只了，扣掉原口当初抓到的，只差三只。现在时刻是傍晚五点四十分，究竟能否在天黑之前抓到全部呢？

抓到的蝎子暂时先放进从堀的房间拿来的水族箱里。每只都偏黄色，久江一直以为蝎子是暗红色的。

又过了几分钟，传来"找到了！"的声音。从停车场的草丛那头传来。

可是马上又传来——

"找到了。"

"这边抓到两只。"

围墙内侧跟玄关那头也传来声音。

加上原口的三只，刚才抓到的四只，然后是一只、一只，又抓到两只？

将蝎子全部放进水族箱里重新数过——

有问题。加起来果然是十一只。

久江急忙赶回警局，再度向拘留办公室申请侦讯堀晃司。

五分钟后，堀晃司被带到刑事课的调查室，他生闷气似的紧抿着嘴。

拘留组员将腰绳绑在椅子上，峰岸卸下他的手铐。

等组员离开后，久江便开始问话：

"堀晃司，你养的以色列金蝎真的全部是十只吗？"

走到这里之前，又收到捕获两只的报告，总计十三只。到底真正还剩几只没抓到呢？

堀晃司叹口气，垂下头望着自己的大腿。

"说起来……你到底为什么会养蝎子这种东西？"

久江故意再说了一次"这种东西"，不过这次他没有出现象在拘留所时的那种反应。

"你借给中原贵之的图鉴，该不会也跟蝎子有关吧？"

堀晃司终于张开薄唇，喃喃说了些什么。

"嗯？"

"……已经绝版了……我好不容易从网络上买来……很宝贝……可是那个老头……"

"或许是如此没错，但也不能动手殴打他啊。"

"不是只有这件事……还有很多……"

"很多什么？"

结果他又沉默了。

"堀晃司，你对中原贵之施暴当然属于重大犯罪，可是你饲养有毒蝎子，而且还弃置到屋外去，是不可原谅之事，不仅违反了动物保护法，如果有人因此被刺伤或死亡，你就成了杀人犯。"

堀晃司的目光锁定桌子中央的一点，动也不动。

"那……并非我的错……是蝎子自己……"

"你没听过'间接故意'吗？就算不是明显故意，但明知有那样的危险性却去做，就等同故意。"

堀晃司咕噜地吞了口口水。

"你为什么养蝎子？若想用于观赏，超过十只也太多了吧？一想到那十几只一起放在那个水族箱里，老实说我都觉得毛骨悚然……除了观赏还有什么目的吗？"

他紧蹙眉头，又是好一阵子抿嘴不语。

峰岸敲打笔记本电脑的低沉声音回荡在室内。

"堀晃司，你饲养蝎子的目的是什么？"

"……没什么目的……我只是想多养一些而已。"

怎么可能，你其实是想用蝎子对付中原贵之吧——久江很想这么逼供，可是她忍住了。

深呼吸后，她望着堀晃司。

现在的他，脸上没有什么特别的表情。

"今天我去见了印刷厂的穴井先生，他告诉我你去跟他说辞职时看起来非常寂寞，他很担心你……你对他说：'这里也不需要我。'……你这么说过吗？"

细细的眉抖了一下。

"堀晃司，我觉得你说错了。"

坐在身后的峰岸望向这边。久江有这种感觉。

"一开始就被需要的人，我想应该没有。我认为大家都是为了能够被别人需要而努力，然后才会变成被需要的人。就我所看到的，你的健康状态应该是没有问题。"

最后看到的穴井的背影在脑海中浮现。

"手脚不健全或是眼睛看不见的人，大家都在努力，我想你也知道吧？世上有很多这样的人……嗯——反而是那种人很积极地想投入社会，想要被别人需要，想要成为被别人需要的一个人，不想成为社会的负担。他们都是那样咬紧牙根，努力活着。跟他们相比……"

这是怎么回事？有一种无法控制，很不甘心的心情。

"我想……你根本是一个长不大的孩子。因为父母还健在，所以才免于饿死罢了，但你是一个四肢健全的人啊。我并不是叫你去饿死，不过你必须要能够吃苦才行，你必须要懂得吃苦才行！"

喂，你在听吗？

"如果你是生活在非洲丛林里的部落的一员……健康又年轻，可是不爱工作，一到吃饭时间就靠过来，吃完后就睡觉……如果是这样，你能想象会发生什么事吧？马上就会被赶出部落喔。你过去做的就是这样的事。不会打猎就放弃，待在家里睡觉。采满果实又嫌太重不愿意搬，于是空手回家。这样当然谁也不需要你，理所当然不是吗？这样的人根本不可靠嘛。"

堀晃司依旧沉默，但表情似乎跟刚才有些不同了。

"或许你觉得我在说大话，可是所谓的社会、所谓的人与人共存，无论集团大小都是一样的，工作就是为了能帮助别人。这张桌子也是，你现在穿的衣服也是，都是有人很努力地做出来的，只不过看不到对方而已，可是这就是共存。"

久江倾身向前，结果他却别开了脸。

"那么你也应该做些什么反馈社会，做些什么让自己成为被大家需要的人才行。你已经三十一岁了吧？也应该是要觉醒的时候了吧？已经不是能说什么'不被需要'而闹脾气的年纪，更不应该因为记恨而乱丢蝎子……长大吧！我希望这次的事件对你而言，会是一个好的转机。"

将近九点十分时，拘留组组员来接他。

"辛苦了，时间到了，请结束。"

决定被拘留者的待遇是拘留组组员，并非刑警，久江无法违反规定。

"好的，今天就到此结束。"

三个人分工合作解开绑在椅子上的腰绳，给堀晃司铐上手铐。

就在……

"麻烦你了。"

久江向组员低头行礼时……

"我也曾经很努力……拼命地努力过。"

堀晃司很不甘心地皱着鼻梁。

然而久江无法接受他的说辞。

"为了谁？"

堀晃司没有看她，只是紧咬牙根。

"你那是为了钱，简单说就是为了自己，不是吗？还是你曾经为了自己以外的谁努力过？人啊，只是为了自己而出的力量其实很微小。就当被我骗一次吧，尝试为了某个人努力看看，拿出勇气来，你一定能改变的。"

走吧。组员催促。不过久江留住他们，说要再问最后一个问题。

"就最后一件事，告诉我实话，你总共养了几只蝎子？"

堀晃司静静地吐气，同时——

"……十……七……只。"

"什么？"

"……十、七只。"

换言之还有四只。

"你确定？全部十七只，不会再多了？"

他颔首。

这时正好宫田走过来，松了一口气说：

"刚才接到通知说抓到十三只了，跟原口抓到的加起来共十六只……他们在附近仔细搜寻后，在玄关发现有一只被踩死……所以是十七只……全部就那些了吧。"

在玄关被踩死——

久江下意识地与峰岸对看。峰岸"啊"了一声，抬起右脚看鞋底。应该没错，就在昨晚去抓堀晃司的那个时候。

组员再度催促。堀晃司低着头，顺从地跟着走了。

久江站在走廊上目送不多说的嫌犯与拘留组组员离去的背影。

最后两道背影在通往拘留所的转角转弯，看不见了。

那一瞬间，一股沉重的徒劳感涌上心头。

带着逃避的心情,久江坐回刚才的椅子上。

"我刚才在说什么啊……好白痴。"

大言不惭地讲了一大堆,到现在她突然觉得很不好意思。为了某个人加油吧。连她自己都没有那种对象呢!

比起捕捉到所有蝎子的安心感,其实自我厌恶的感觉更重,她怎么也不想站起来,感觉身心都陷入深不见底的洞穴里。

然而,突然有人拯救了这样的久江。

是峰岸。

峰岸轻轻握住久江交握放在桌上的双手说:

"没那回事……我认为有传达到,堀晃司一定了解你的心意。"

久江不敢抬头。

此刻自己很别扭,暂时无法面对他。

谢谢——

终于只说出了这句话。

带着战抖。

Part 04
第四章

托卵（Brood Parasite）

这天的午餐由人生第一次中万马券的原口巡查长请客,而且还是请重案组全组。

刚开始大家决定吃"红花的中华凉面",可是打电话去订时,店家却说夏季菜单在九月就结束了。

于是连忙改菜单。组长宫田警部补与里谷刑警长点叉烧面,年轻的原口与峰岸两位巡查长点拉面与炒饭套餐,久江则点了中华盖饭。

这家"红花"距离练马分局很远,却不嫌麻烦愿意外送,最重要的是味道佳,是一家深受好评的中华荞麦屋,连不太爱吃重咸口味的久江也愿意配合大家吃这家。

而且可能是因为顾忌到对象是警察，距离位置远却不用等很久，通常十五到二十分钟就会送达，也因此送来的料理总是热腾腾，还得害怕烫到舌头受伤，特别是中华盖饭这类"勾芡食物"，更要注意。

或许因为点的是面食，里谷与宫田最先吃完。

"我吃饱了，谢啦。"

"嗯嗯……吃饱了吃饱了，多谢。"

接着吃完的是峰岸，他很有礼貌地道谢说："谢谢招待。"

久江与原口差不多同时吃完。

"谢谢招待，真好吃。"

久江跟峰岸两个人将吃完的餐具拿到茶水间清洗。原本原口也要帮忙，可是让他请客又叫他洗碗不好意思，于是久江便拒绝，并泡了一杯茶让他坐下喝茶。

洗完碗后，久江走到分局的玄关抽烟，回来时已经下午一点半左右，那之后她随意地翻阅周刊消磨时间。

没错，简单来说就是没事做。最近办理的案件几乎都在上周结案了，这周并没有发生什么特别像案件的事情。

警察没事做，就世间而言是好事。

"啊，又是菊池美奈子啊。"

峰岸从隔壁座位探头过来看久江翻开的杂志。

"怎么，你以前喜欢她？"

峰岸非常可惜地点头。

"我念高中时正好是她最红的时期，没想到她却持有毒品，而且是第二次吧，我看很惨，大概已经玩完了。"

这样啊，原来峰岸喜欢这种有些强势的女性吗？真想不到。

久江姑且颔首说：

"听说很难戒。"

虽然这么说，不过这也并非跟她完全无关之事。久江本身也戒烟失败过多次，到现在都四十三岁了，还是维持着三天抽两包的速度，算是老烟枪。

吸毒的人多半都说根本不可能有"已经戒掉，不会再吸了"的这种状态，只能每天持续戒，除此之外，别无他法。一天一天累积不吸毒的日子，到死为止都只能那么做。

其他违禁药品也相同，身体依赖的症状治愈之后，心理依赖仍会长期存在。极端来说，大脑一辈子都会记得吸毒时的快乐，因此不吸毒的"今天这一天"的累积，是非常重要的。

还有，环境吧。如果不让自己远离可以立刻买到毒品、随即就能吸毒的环境，那就很难戒得掉。

其实香烟除了身体依赖这一点之外，可以说完全相同。

大脑会一直记住吸了一口后的内在解放感，突然想起来时，想吸一口的心情便会冒出头来。此外，因为Taspo系统的导入（译注：日本为了防止未成年购买香烟而导入的认证系统），买烟变得困难，可是只要有卡就能解决，要不然走进便利商店也买得到。再者，卖烟的便利商店门口设有烟灰缸，饮食店也只要稍微找一找，不禁烟的餐厅仍旧多得是，特别是像久江这种情况，一回到家就可以抽个高兴——她没有会抱怨的同居人，也没有来找她时会蹙眉说烟味很重的情人。

心理依赖、购买方式与摄取场所，只要这些还存在，自己就不可能戒烟。当久江思忖着时……

"重案组你好。"

难得宫田一听到电话铃响就立刻接起电话应对，展现难得一见的"干劲"。

"是……啊？是，我知道了，中山医院吗……不，我知道，没问题……好的好的。"

听他多次重复说"知道"，没想到放下话筒后，马上露出一头雾水的表情。

"怎么了吗？"

久江一问，他的眉头皱得更紧了。他说：

"嗯，有一名男性被救护车送到石神井町三丁目的中山医院，听说是……被老婆刺伤还是什么的，你们去看看情况。"

他伸手来回指了久江跟峰岸。

对，最近久江多半跟峰岸搭档行动。

两人抵达中山医院是下午三点左右。三十分钟后，被害男性结束治疗，被送至病房。

"打扰了，我们是练马警局的人。"

或许是局部麻醉的手术吧，被害男性送到病房时已经有意识，表情看起来也是可以讲话的样子。

"根据救护人员所说，你遭人刺伤，可以再详细告诉我们发生了什么事吗？"

久江先故意不提宫田说的"老婆"这一点。

"那么首先请问你叫什么名字？"

男子依旧板着一张脸，睨视着天花板说：

"我叫吉泽彻。"

吉泽彻，三十六岁。到这里是确认从救护人员口中听到的情报。

职业是网络设计公司的老板。

确认峰岸记录下来后，久江接着问：

"刺伤你的人是谁？"

"是内人。"

"她叫什么名字？"

"明穗……明亮的明，稻穗的穗。"

吉泽明穗，年龄据说是二十八岁。

"明穗太太是家庭主妇吗？"

"对，我们有小孩，目前她专心照顾小孩。"

"你们的孩子几岁?"

"才刚出生半年。"

孩子还在喝奶的母亲,为何会刺杀丈夫?因为育儿压力吗?

"你是在哪里遭到刺伤的呢?"

"我们家客厅。"

久江询问地址。练马区中村三丁目八一番,中村桥公寓一〇六号。

"那么是在怎样的情况下遭到刺伤呢?请你尽可能清楚地描述一遍。"

伤口多少会痛吧,吉泽彻开始描述,偶尔会蹙眉,露出刺痛般的表情。

"我临时有工作,昨晚熬夜加班,到了早上,在办公室稍微休息,中午过后才回家……结果一回家就突然被袭击,内人霍地冲上来打我,我根本不知道为什么……我大喝'你干什么',闪了两三次,没想到她居然跑去拿菜刀……我避掉一两次,结果还是被刺到了。"

的确,据他这么说,是会让人一头雾水。

"然后你怎么做?"

"我怎么做?我慌张地夺门而出,连鞋都没穿。内人没有追上来,可是这样下去我说不定会死,想到这……我就自己叫了救护车。幸好我的手机放在口袋里。"

外行人或许不清楚如何严重的伤势才会致人于死，不过至少动完局部麻醉手术，手术后马上就能说出这么多话，应该不是很严重的伤势吧。

"会发生这种事，你有什么头绪吗？"

吉泽彻仿佛叹息般，边说边轻轻摇头：

"没有……我是知道她有点歇斯底里，可是她居然会想杀我，这点我完全没概念。"

首先久江不懂吉泽彻这个男人如何定位妻子。

"刺伤"与"想杀他"在法律上的解释大大不同，前者是伤害，后者则是杀人未遂。如果是夫妻，就算是起了口角之后发生这种事，在警察面前通常都会袒护妻子，解释说只是吵架而已吧？这单纯只是单身者的幻想吗？

抱着这种看法看吉泽彻，久江发现他有张娃娃脸，或者该说是有一张不符合年龄的可爱脸庞。或许是工作的关系，他的头发偏长，染着明亮的颜色。以"应该很会玩"的警戒目光看他，很容易就能想象他单手拿着酒杯，一边跟打扮华丽的女性谈笑风生的画面。

不行不行，现在这个时点就同情加害者吉泽明穗，不好。

"那么你太太现在还在家里吗？"

关于这点，吉泽彻不是很了解地说：

"如果保持我离家时的状况，应该是在家。"

还是需要去案发现场看看吧。

久江接着要吉泽彻说明自家公寓的格局。

为了以防万一,她向最近的中村桥派出所请求两名支援,四个人前往现场。

中村桥公寓是一栋老公寓,不过最近似乎全面修建过,乍看其实是一栋满整洁的公寓。吉泽家是一〇六号。

门铃声也轻快。叮咚。

"有人在家吗?我们是练马警局的人。"

久江停顿几秒后,朝着对讲机说话,可是没有反应。直接敲门、再度朝对讲机说话,结果相同。

歇斯底里地殴打老公,最后还拿出菜刀刺杀对方的年轻妻子是否在家呢?如果在,会是怎样的状况?特别是精神面。

"你在家吗?吉泽太太。"

久江握着雾金色的门把,试着转动。

居然开了,门没有上锁。换言之,保持着遭到刺伤的吉泽彻夺门而出后的状况吗?或者明穗也跟着出门,并没有锁门呢?

悄声拉开几厘米。没有门链声,真的可以进去。

这时峰岸轻轻伸手制止久江,似乎在说"我走前面"。对喔,激动的明穗也有可能突然持刀攻击。

久江一颔首,峰岸立刻严肃地跟久江互换位置,继续握住往下压的门把。来支援的两名警察握着警棍站在峰岸左右。

"吉泽太太,我们进来啰。"

手持刀刃的女人若是冲过来,可以先用门挡住,然后撞回去。峰岸以这样的态势慢慢拉开门。久江越过他的肩膀窥探现场。

门拉开到十厘米,他们确认至少玄关周边没人,拉开到二十厘米,则大致可以确认内部构造。

进门右手边有一道宽度很窄的门,根据吉泽彻的说明,那间是厕所。短短的走廊前方有一道门,门是开着的,可以看到宽敞明亮的客厅。客厅内侧墙壁及腰的窗下摆放着沙发,沙发上有一道人影,是一名长发女子。

久江拍拍峰岸的肩膀,再度跟他换位置。

"吉泽太太……抱歉,我们稍微打扰一下。"

从玄关到女子约有六七米吧,她侧身端坐在沙发上,因此完全看不到她的表情。

久江缓缓进门,她没有用手就直接脱掉鞋子,目光锁定女子,走进玄关。

黑色长发,身穿鲜红色针织衫与黑色裤子之类的下半身,相当热情的组合。

"你好,我们是练马警局的人。"

以拖行的脚步前进,通过厕所随即抵达客厅入口,跟女子之间隔了一张矮几。

"呃……你是吉泽明穗太太吗?"

就在这时,原本从这头看朝着右边的女子突然伸出右手转向久江他们这边。

她手上拿着菜刀，看似有血迹。

左手将婴儿抱在胸前。

久江倒抽一口气，不过这时不能露出慌乱的样子。

她连忙用手制止伸出警棍的两名警察。现在就摆出那样的对决姿势还太早。

"明穗太太，把刀放下吧……好吗？不需要这样啊。"

久江做出"别紧张"的手势慢慢靠近。她不知道面对这种情况，这样的处理是否正确，不过她认为先让对方冷静下来最重要。

室内寂静无声，听到的只有某处传来时钟的秒针音与久江他们拖行前进的脚步声而已，婴儿没有动静，或许睡着了。

就在距离矮几还有一米，距离女子只剩两米时，菜刀的方向变了。

刀刃前端居然对着她胸前的婴儿。

"别过来。"

丹田有力，很响亮的声音。

换言之，她在说"再靠近我就杀了这个孩子"——怎么会做这种离谱的事呢？久江心想。不过这已经足够威胁久江他们了。

"明穗太太……请别激动。"

没听到她否认，这名女子应该就是吉泽明穗。明亮的大眼睛，厚实的红唇，下巴尖尖，长相相当漂亮。

"为什么那么做呢？那是你的孩子啊，这样不好。"

"不关你的事，别过来。"

她有点歇斯底里。久江想起吉泽彻的话。的确，狠狠瞪视的眼神、紧抿的嘴角都看得出那种倾向，绝不会被看作是乖巧的大家闺秀型。

"我知道了，我们不过去……我们就站在这里，所以跟我们说说话吧！我们不会再过去了……对吧？"

下意识寻求身旁峰岸的同意。是啊，他也颔首。

"那个……我想你应该知道我们来的目的。今天中午左右，你先生吉泽彻遭人刺伤腹部，被救护车送进医院。我们去向吉泽彻先生了解情况，他表示是在这里跟太太……也就是你发生争执……我们想知道这当中的情况，所以前来拜访你。"

明穗还是拿刀对着自己的孩子，眼睛睨视着久江他们。

"发生什么事了呢？老实说，在日常生活中应该也是会有看不惯先生的地方，他昨天彻夜未归，到了中午才回来……听说是那时候发生争执的？"

语声微顿。

"我听说你的孩子才六个月大，怎么说呢……夜泣很辛苦吧……我没有孩子所以不了解，不过听别人说起时，我总是觉得很辛苦……"

婴儿穿着黄色的衣服，无法断定是男孩还是女孩，如果知道性别也比较好说话。她当时忘了问吉泽彻，现在后悔也无济于事。

直接问好了。

"请问，孩子是男孩，还是女孩？"

久江没有前进，只是伸长脖子探头看。

"从这里……可以看到孩子却看不出性别……"

结果明穗将婴儿压往自己的胸膛，遮住婴儿的脸。果然，她不是真心拿刀对着孩子，久江觉得她确认到了这一点。

"别那样了……刀子放下。"

就在此时。

或许是被压在胸口无法呼吸，孩子突然哭闹了起来。

用婴儿特有的、听起来像"啊"又像"哇"的声音哀号，四肢也乱动，开始哭闹。虽说是抱着，可是明穗能用的只有左手，她让婴儿枕在她的上臂，只用前臂跟手掌扶着婴儿的背部而已。一个不小心，婴儿也有可能会掉下去。

而且胡乱挥动的小手居然正好打中菜刀。

"啊……"

明穗的表情僵硬。不过随即变成担心孩子的母亲，当场丢下刀子用右手确认婴儿的左手。婴儿的手很小，而且应该很嫩，虽然只是随便乱挥，自己打中刀子，可是不能断定不会伤到粗神经而酿成大伤害。

不知是不是手痛，婴儿开始如野火般放声大哭。久江跟峰岸趁乱靠近，两名警察也跟在他们左右。

峰岸不着痕迹地捡起菜刀离开现场，留在原地的久江搂着明穗的肩膀，确认两人的状况。

幸好婴儿的手一点伤都没有。

检查后，明穗的脸上闪过一丝安心，然而随即发现自己的立场颠倒。

她不安地抬眸望向久江。

久江缓缓地点了一下头。

虽然是对自己的亲生孩子，但吉泽明穗还是触犯了"对人质进行强迫行为等的处罚相关法律"，或者是强迫罪、虐待儿童罪。无论哪个罪名，都是以现行犯逮捕，久江立刻请求一台警车支援，由峰岸陪同带回警局。

他们离开后，鉴识组进入现场，久江大致说明后，委托鉴识人员采集指纹与血迹。

到这里为止没问题，一如往常的搜查顺序，她很习惯了。

反倒是问题在婴儿。明穗被带走后一直是久江抱着，然而哭声完全没有要停歇的迹象，鉴识人员很忙，没人肯帮她。没办法，她只好从警局叫来原口，他是三岁跟一岁两个孩子的父亲。

"嗯，好乖好乖……咦？臭臭啊，我们来换尿布吧。"

其实久江也闻到臭味了，可是若打开来后包不回去怎么办?想到这种情况,久江就觉得害怕,不敢替婴儿换尿布。

不过,不愧是一岁儿的父亲,原口扫视室内,从放在客厅的纸尿布袋里拿出一片,再从矮几下方找到小屁屁专用的湿纸巾后,随即让婴儿躺在隔壁房间的床上,解开大腿内侧的扣子,动作熟练地开始换尿布。

"哎呀,这样很不舒服吧!那个阿姨不帮你换尿布吗……这样啊,好可怜喔。"

没办法,久江的弟弟才刚新婚,其他亲戚家也没有婴儿,她完全没有育儿经验。

对了,看那个样子应该是名女婴。

"原口,衣服上写了名字吗?"

"嗯,我看看……找到了,她叫美穗。"

明穗的女儿,美穗,汉字应该是"美穗"吧。

回到警局是傍晚五点左右。

久江将美穗继续交给原口照顾,她则负责明穗的侦讯。听说已经做好指纹采集,明穗现在跟峰岸在第一调查室。

"我回来晚了。"

一打开门,明穗垂头丧气地坐在铁桌对面,完全看不到拿菜刀对着久江跟峰岸时的那副夜叉模样。峰岸泡给她的茶,似乎一口也没喝。

久江不发一语地望向峰岸,峰岸轻轻摇头。久江了解峰岸的意思是，一直保持缄默。

久江在明穗对面坐下。

"你好……对了，我叫鱼住，名片我放在这里。那么，我们先来确认你的姓名与年龄。"

吉泽明穗，二十八岁，家庭主妇，丈夫是吉泽彻。到此为止没有错。每一个问题她都会点头，有时还会回答"是"，关于缄默权与会见律师的说明，她同样颔首说"我了解了"。

"好的……那么呢，我们请你来这里，基本上是想了解你拿刀对着你女儿……美穗这件事。不知道我的猜测正不正确，我觉得你应该是有什么目的才会做出那样的行为，对吗？能不能告诉我？"

明穗沉默。嗯，久江也不认为她会立刻坦言。

"在你家时我就说过了，我们会去拜访是因为你先生被刺伤腹部，而且听说那是明穗太太你做的，因此我们前去确认。可是你在我们开口之前，就拿菜刀对着美穗，不让我们靠近。那是……怎么回事呢？"

若要用一句话形容持续保持缄默的明穗，憔悴是最接近的吧，完全看不出什么都不肯说的坚定意志，也没有嘲弄搜查员的态度，看起来就像是哭到泪水干枯，已经不知道为何悲伤的样子。

除了刚开始的确认之外，明穗的嘴里只吐出虚弱的叹息。久江试着用不同方式询问相同问题，也试着用同情明穗的口吻

托卵（Brood Parasite）

来问，但都徒劳无功。

结果第一次侦讯只用了短短一小时就结束了。

搜查会议从晚间八点开始，地点在刑警办公室同一排的第二会议室，参加人员有重案组全体跟三名鉴识人员。

报告由鉴识组主任儿玉巡查部长负责。

"客厅与玄关附近采集到的血迹及收押的菜刀上的血迹，都跟吉泽彻同样是B型。为了保险起见，我还是送去做DNA鉴定了，不过正好总部也很忙，应该等一段时间才有结果。菜刀上留有的指纹与掌纹只有吉泽明穗的，并没有检验出其他人的。此外，关于鞋印……由于鱼住刑警他们踩得乱七八糟，要推测犯罪经过很困难……"

当时那种情况也无可奈何啊。久江心想，但并没有说出口。

儿玉利用白板上所画的案发现场示意图开始说明：

"我们在这里、这里，还有这里采集到血迹……"

换言之，从血迹跟少许能采集到的鞋印来推测，他们没有走进玄关，就在门口起了争执，之后明穗跑到厨房拿菜刀，追着对方绕着房子周围跑，最后又回到门口，刺伤丈夫。

鉴定结果跟吉泽彻的供词一模一样。

翌日，久江仍旧进行明穗的侦讯，可是跟昨天相同，明穗完全缄默。在完全问不出供词的情况下，时间过了一天半。

五点过后，久江回到刑警办公室，把美穗送到儿童少年安置中心后无事可做的原口，也外出寻找线索回来了。

不过……

"咦，里谷呢？"

久江看了看，他似乎不在刑警办公室。

"对了，"宫田组长坐在桌前转身面向久江，"里谷下午被调去野方的帐场支援跟圆B有关的案件了。"

"野方"是南边紧邻的辖区分局，"圆B"是指黑社会，"帐场"则是搜查总部。里谷侦办黑社会案件的资历久，因此附近辖区若有那类案件发生，都会来借调他。

"怎么，现在能去收集证据的人就只有原口吗？"

"现在是这样没错。"

"里谷何时会回来？"

"对方说十天还人。"

怎么可以。

"喂……我这边也快要移送地检了，我还有很多事情要请他去确认。"

没想到这时原口说"别生气别生气"，跳进来缓颊。他说：

"鱼住，你是不是太瞧不起我了？我今天有很大的收获喔。"

没有瞧不起,你中了万马券,又很会照顾小孩。

"怎么,你查到什么了吗?"

"没错,原来吉泽彻一个月前上过照片周刊。"

原口从身后拿出一本薄薄的杂志,书名居然跟久江昨天翻阅的一样是《SPLASH》。

"就是这个,你看。"

左右两页跨页塞满大幅的黑白照片,右上是离婚女星与年轻男星密会现场直击,其下方是被认为是桃花多的人气女星又被发现有新恋人的独家报道。而原口指着的是左页上方。

一名戴着宽帽,身材苗条,穿着时髦的女性与一名穿着明亮西装的男性并肩站着。因为打了马赛克,因此无法判断该男性是否为吉泽彻。

九月的某个午后,模特儿出身的大姐派女星阿川佑子(33岁)被目击从都心某巷弄的意大利餐厅走出来,跟她一起共进午餐的对象是IT相关公司的帅哥老板。所属经纪公司表示对方是"大学时代的学长,很照顾阿川的咨询人士",不过佑子大姐跟学长含情脉脉地看着彼此,究竟在咨询什么呢?

久江也知道阿川佑子,虽然最近很少有主演的作品,不过前不久才被票选为"想娶回家当老婆的名人排行榜"前十名,相当受欢迎。

"这个人真的是吉泽？"

原口自信满满地颔首说：

"跟我说这件事的人是吉泽公司的员工，听说他本人也笑着承认了，而且其实是他自己先开口提及的……'我被八卦杂志拍到了'。但关于外遇这件事他否认，听说他跟阿川佑子是在大学的社团校友会上久别重逢，当时他们聊得很开心，于是事后又再互相联络，一起去吃了午餐。"

这种事也不是没有可能。

"然后这件事被明穗发现？"

"这点不清楚，不过听说吉泽常会在公司提到家里的事。他们的公司很小，只有跟吉泽同年代的三名男性与二十来岁的女性一名，不过气氛的确很温馨，就像友谊的延长的感觉，因此若是这件事被发觉而引起轩然大波，吉泽应该会在公司里讲。"

"你是听公司里的谁说的？"

"全公司的人。他们说这则报道被刊登出来后并没有那样的气氛，吉泽就跟平常一样说说孩子的事，说说太太晚上被小孩吵得无法睡觉，因而心情不是很好等等的事而已。"

那么是过了快一个月的昨天，明穗因为某个偶然看到报道而大发雷霆吗？

"是不是上美容院时翻旧杂志偶然翻到的呢？"

"不过这个样子，太太会认得出来吗？整张脸都打上马赛克了。"

的确，光靠西装颜色深浅，要确定是自己丈夫或许很难，况且还是黑白照片。

"连领带都看不出花样。"

"只能从发型，还有这个'IT相关公司的帅哥老板'去确定吧。"

久江看看表，还不到七点。

"组长，我现在想去医院见吉泽彻可以吗？"

宫田轻轻颔首说：

"嗯，去吧。"

没想到原口跟峰岸同时举手说"我也去"，不过随即就互相礼让说"还是你去吧"。

"喂，到底怎样？想去还是不想去？"

原口苦笑着搔搔脖子说：

"嗯，今天让给你，不过明天一定要按照班表让我休息。我中了万马券请大家吃饭了，但其实家人我都还没有表示，我老婆说好久没上美容院了，也预约好了，因此我想至少那段时间帮她照顾孩子……拜托了，峰岸。"

好，峰岸不以为意地回答：

"我……没关系啊。"

如何啊，组长？你在听吗？

抵达中山医院是七点过五分,到柜台确认,确定会客时间到八点十五分。问话时间很充足。

"晚安。身体好些了吗?"

来到病房,只见吉泽彻调高电动床到四十五度,正坐在床上看报纸。关于明穗被逮捕之事,今天一早就来这里的里谷组,应该告诉过他了。

"啊啊……你们好。"

吉泽彻拿掉黑粗框眼镜,跟折好的报纸一起放在床头柜上。

"内人……明穗给大家添了很多麻烦,很抱歉……还有美穗。"

吉泽彻带着老实的表情,只用脖子点头致意。他被刺中腹部,那样的动作已经是极限了吧。

"不会。你不用担心美穗,儿童少年安置中心会负责照顾好她。现在需要担心的是明穗,事实上她被带到警局去之后,关于案件她什么都不肯说。总之明天午后我们会先将她送交地检署,之后她会被拘留十天,继续接受侦讯。"

吉泽彻眉头紧蹙,紧咬牙根说:

"有这么严重吗?这个……"

刚开始嚷嚷着差点被杀的人是谁啊?久江心想,不过她当然不会说出口。

"是啊,除了对你的伤害罪之外,还有拿亲生女儿当人质的强迫行为……她是现行犯被逮捕，罪应该不算轻。"

"至少……我的案件能不能撤销告诉？"

"没办法，告诉基本上是告诉乃论才有的罪责，像这次这种伤害案件、抓人质之类的案件，原本就不需要提起告诉，因此，相反地也无法撤销。"

吉泽彻的眉头皱得更紧了。

久江接着说：

"吉泽先生，很抱歉，接下来就只能等起诉后再申请酌量减刑，减轻明穗太太的刑责。因此请你仔细想想到底为什么会发生这种事情，把你想到的告诉我们。"

都讲到这里了，吉泽彻还打算继续装傻的样子。

"我实在想不出来。"

他表情严肃，困扰地说。

"真的什么都想不到吗？"

"想不到。如果内人在攻击我时说了什么话，我还能有线索。"

到这时他还想装傻，久江也只好出招了。

"那么请问……跟女星……"

才说到这里，吉泽彻一边的眉毛就挑了一下。

"阿川佑子有关系吗？"

"没有，她的事应该没、没关系吧？"

完全慌了。

"怎么可能没关系呢？丈夫的照片登上八卦杂志，被报道说跟美艳女星密会喔，通常……"

"我们没有密会。"

声音也变得很大声。就某方面而言，很庆幸他住单人房。

"没错，或许照片看起来很像，报道内容看起来很像，但那只是媒体自行编造，不过是夸大事实罢了，你身为刑警应该很了解这种事吧？媒体老是爱捕风捉影，写得很可笑，不过就是那样啊。"

的确，媒体是有这一面，然而纵使极力排除偏见，那种场面也不能说完全无罪，至少从女性的角度来看。

"那么，我想当作参考——请问你，针对那则报道，你是如何向明穗太太说明的呢？"

"如何说明？我实话实说啊。"

"实话是？"

"我在杂志出刊前就对她说我跟阿川佑子两人的独照会被刊登在杂志上，不过我们什么都没有，而且脸部会打上马赛克，别人不会知道是我……我就是这么说的。"

这出乎久江的预料。

"出刊前就知道，换句话说明穗太太一个月之前就已经知道你跟阿川佑子的关系了吗？"

"别说什么关系啦，真的没有，现在真的什么关系都没有，我跟她在大学社团校友会上久别重逢，说好一起去吃饭，而且我们甚至还商量说晚上见面会被胡乱猜测，约中午比较好，故意选择吃午餐。"

等一下。

"那个……你说现在没有关系，那么学生时代呢？"

吉泽彻很不高兴地扯动单边脸颊说：

"啊？那不重要吧！"

"当然很重要。"

"你一定是八卦想知道才问的，对吧？"

"不对，这是为了理解明穗太太的心理，非常重要的元素，因此请教你。"

真的吗？他狐疑地说，之后点头承认。

"我们交往过。我重考两年，而她加入我们社团时我是三年级，然后……我们交往了两年左右，后来就完全没联络。她在学时就已经开始当模特儿，我们不合的地方也慢慢浮现。"

久江询问是什么社团，吉泽彻回答是以玩乐为主的网球社团。

"你们交往过这件事，明穗太太知道吗？"

"我告诉她了。"

"什么时候？"

"告诉她周刊之事时就一起告诉她了。突然跟她说我跟女星见面的事，她一定会觉得很奇怪吧，所以我从以前的关系开始讲起，可是我也老实跟她说我们已经断得干干净净，因此特地在中午见面。"

"不过反过来说,你并没有事先跟明穗说要跟阿川佑子见面。因为会被刊登在周刊上,没办法只好坦白,对吗?"

吉泽彻深深地叹了一口气,闭起眼睛垂下头。

"是的,没错。是没错,可是我一个月前就老实跟明穗说了,她也表示理解。当时她多少责备了我几句,不过也只是说'你不会觉得对不起我吗?'、'你一定想如果有机会能进一步就好'而已。只要是男人,多少都会有那种想法,在脑海里会有那种想法吧?刑警先生。"

他这么说,眼睛望向峰岸。

"你如果有机会跟喜欢的女星吃饭也会去吧?脑海里也会有一丝丝的念头希望能进一步吧?不过老实说那一步还很难踏出,不是吗?更何况对方是有名的女星,我是有家室的公司老板,也得要面对客户,要是惹出丑闻,我会失去的也绝对不少。再说我也不是精力旺盛的小伙子了,也是会因为很多因素而自制的。你能体会我的感觉吗?"

能体会,久江觉得她已经被说服一半了,峰岸也微微颔首。

"是这样啊……那么请再让我确认最后一点。一个月前坦白时,明穗太太已经完全理解你跟阿川佑子的过去与现在了吗?"

吉泽彻闭着眼睛点头说:

托卵（Brood Parasite）

"是啊。她还要求我别再做这种事了，我也答应她不会再犯了。而且我也有遵守约定，我没有那么随便也没有那么愚蠢。"

这样啊。

如果说一个月前已经谅解，昨天中午才恼羞成怒犯下罪行，时间上似乎相隔太久了。

关于吉泽彻的发言，久江翌日一早就向明穗确认。

何时知道阿川佑子的事？吉泽彻的说明让她信服了吗？对于吉泽彻之后的态度与行为有什么看法呢？

然而明穗依旧不发一语，就这么僵持到了必须送交地检署的时候。

完成一连串的送检手续，以练马分局的车辆送走明穗时，已经接近十点了。

"送走了。"

"嗯……送走了。"

随口这么对话后，久江便跟峰岸返回刑警办公室。

"好像整个人都松懈了。"

"是啊，出去抽一根吧。"

"嗯，好啊。"

久江不知道实情，不过虽然不知道，但有很多地方让她觉得，说不定峰岸喜欢她。

峰岸正好跟久江差十岁，长相不但不难看，反而应该能列入好男人那一类。这样的他不可能把久江这种欧巴桑当作恋爱对象。虽然久江这么觉得，可是每个人的喜好不同，况且他还曾经面对面告诉久江说她很可爱，也曾经买生日蛋糕来送她，因此或许也不是那么不切实际——但这种甜蜜的幻想，完全不适合这间刑警办公室。

"哇啊啊啊！"

坐在办公桌前的宫田瞠目结舌地看着手机。

"怎么了，组长？你会吓到人啦。"

"阿、阿、阿……阿川、佑子……峰岸，快打开电视。"

峰岸颔首，走向正好设置在与盗犯组的分界处的小型液晶电视。

"组长，阿川佑子怎么了？"

"你看看就知道。"

峰岸拿着遥控器回头问宫田说：

"第几台？"

"随便转个谈话节目或新闻，没有这类节目的话，其他节目应该也会插播快报吧。"

换言之，宫田现在正在看手机上的新闻网站吗？

峰岸立刻找到类似新闻的节目。

"就是那个。"

资深女记者来回看着摄影机与手中的纸张连线报道。

为您插播临时新闻。大阪府警南警署在今早五点半左右，于大阪市区路上以涉嫌违反大麻取缔法的罪名，逮捕三十二岁的女星阿川佑子。为您重复一次，女星阿川佑子嫌犯，本名铃木……

太惊讶了。

不，不是因为阿川佑子被逮捕之事。

而是因为这则报道，吉泽明穗犯案的原因突然真相大白了。

当天傍晚五点左右，明穗从地检署回来了。

判断她应该很疲倦了，当天并没有进行侦讯，不过那并非单纯顾虑到明穗，而是久江这边也有一些必须要深入调查的事情。

翌日早上九点。

久江准备万全后去见明穗。

"早安。"

跟第一次见面时相比，今天没有化妆的她比较朴素，因此也看起来稚嫩许多，但仍旧可以说是一位美女。如果以那样的目光来看，无论是轮廓深邃的大眼睛，偏厚实的性感嘴唇，都有些像阿川佑子。

"明穗太太，我完全明白了。我知道你为什么不说原因就对你先生施暴，甚至拿出菜刀刺伤你先生。”

明穗不自觉地抬头，不过随即低头掩饰。

“一个月前你先生……彻先生告诉你他跟阿川佑子的独照会被刊登在周刊上，阿川佑子是他大学时代的女友……当时你有什么反应？吃惊吗？”

没有特别反应。

“很吃惊，对吧！如果是我一定会非常惊讶。你当时是第一次从吉泽彻先生口中知道阿川佑子之事吗？”

最初明穗并没有回答，不过久江不放弃，一直要求她说答案，请求她只要说是不是第一次就好。追问了几次后，明穗轻轻颔首。

“一个月前是第一次吗？”

“对。”

“当时你有什么感想？自己的丈夫以前居然跟女星交往过。当然那是两人还是大学生时的事情，当时的她还不是艺人。”

结果明穗螓首微偏。虽然只是这样，不过有反应就是好现象。

“明穗太太知道阿川佑子吗？你喜欢她吗？我还好。我不是她的粉丝，她的作品我也不是特别想看……我想你应该也是吧！”

这点久江有自信。

"所以你上网做了很多功课，对吗？从你家扣押的计算机上，我们找到了许多阅览阿川佑子相关报道的浏览记录……是啊，当然会在意，一般人都会想知道丈夫或男友以前交往的女友是怎样的人，这种想法大家都会有，特别是这次的对象是名人。你并没有想太多，只是随便上网浏览……譬如在美穗睡觉的时候。"

黑眼球动了。

果然是这条线。

"结果被你看到了，阿川佑子的本名。"

嘴角紧抿，又稍微露出那天看到的母夜叉模样了。

"所属经纪公司的官网上公布的档案、她自己开设的博客、粉丝经营的网站上并没有记载，不过那个什么……是不是叫'B频道'？形形色色的人随意在上面留言写一些有的没有的事情的留言板……那上面写了，对吧？"

表情慢慢变了。

"她的本名。语感跟阿川佑子相差太大，感觉像是带有嘲笑意味的留言……你以那个为线索，又针对那个名字调查，然后确认那则留言没错，就是阿川佑子的本名时，你相当错愕。"

明穗细细的呼吸声微微战抖着。

"铃木美保，阿川佑子的本名，跟你与吉泽彻先生的女儿美穗同名。（译注：日语里的'美保'跟'美穗'念法相同）

战抖的呼吸声里开始掺杂着哽咽。

"我觉得很不可思议,在填写要将美保交给儿童少年安置中心时的文件时,一查,发现名字的汉字不是美丽的美加上稻穗的穗,而是保护的保……因为是你的孩子,我一直以为汉字一样都是稻穗的穗。"

盈出眼眶的泪珠从长长的睫毛上滚落。

"提议要取美保这个名字的人是你,还是吉泽彻先生?"

明穗颔首,斗大的泪珠滚落桌面,反弹。

久江不知道她的肯定是什么意思。

不过因为这个,明穗终于开口了。

"很可爱的名字……所以我也马上就喜欢上,我以为汉字应该是跟我相同的穗……可是没想到出生证明上却写那个保字。我问他为什么,他说他请有名的老师看过,老师说那个保字的笔画比较好。老师那么说,应该就是那样吧……我很笨,因此他说的话我都言听计从……"

久江真想走过去搂住她的肩膀。

真想拍拍她的肩膀,抚摸她的长发。

"可是没想到,那是他前女友的名字……我好恨!明明是自己亲生的女儿,却突然觉得无法爱她……慢慢地我开始觉得我生的不是自己的孩子,而是某人的孩子……觉得一切都太可笑了……"

据说就在这时吉泽彻回家了。

对于吉泽明穗，久江打算尽最大努力，尽可能让她的刑责减轻，最好能够获得缓起诉。

当然，关于犯罪动机她照实写在调查书上，她确认那样就能让检察官充分理解酌量减刑的必要性。

问题其实是吉泽彻。

美穗的犯罪动机真相大白的两天后，听说吉泽彻已经出院的久江，在傍晚造访上次来过的中村三丁目的公寓。

这次她选择独自前来。

"来了。"按下门铃，传来吉泽彻的回应，令人意外的轻快声音后，门突然开了。然而看到久江，不知为何他露出非常惊讶的表情。

久江立刻明白原因。

久江才刚走过的走廊上，现在有一名女性同样从那里走过来，装扮看起来像是刚下班回家，手上提着很大的购物袋。对方也发现久江了，在中途停下脚步。

看来久江来得不是时候。

"吉泽先生，我的事不是很重要，简单说一下就好。"

吉泽彻挤出一个"好"字。

"我一直以为现代社会没有法律无法制裁的罪。当然，法律不是万能，也会有漏洞跟缺失，但是我认为大部分的刑法都很完善……在几天之前我都还这么认为。"

这时久江甩了吉泽彻一巴掌。

狠狠地,连她的手掌都痛了。

"然而还是不够,现在的法律无法制裁你的罪。我很同情美穗太太,可惜能给你的处罚也只有这种程度,我实在痛恨自己的无力。"

吉泽彻捂着脸颊说好痛,眼睛睨视着久江。

"你在说什么?被刺伤的人是我呢,为什么我被打巴掌,内人行凶却得到同情?"

久江也不服输地反瞪回去。

"既然要刺,美穗太太应该要刺准一点。"

久江故意指着自己的太阳穴说。

"老实说,你的伤太轻了,那样无法让你反省。那么,我告辞了,有事我会再上门拜访,你保重。"

久江轻轻点头,转身往走廊走回去。

另一名女性一直站在同一个地方没动。

久江很想讲些什么,于是在跟她错身时缓下脚步。

"他太太很快就会回来了。"

对方瞠目结舌。

久江不知道她是哪来的谁,不过别太嚣张。

*托卵(brood parasite):把自己的蛋托给别的个体照顾的习性。

Part 05
第五章

爱你一百年

两天前，练马区丰玉北六丁目的交叉路口发生拖车翻覆，造成宅配货车与轿车冲撞，其他还有七台车追撞的严重车祸。因为这起车祸，交通搜查组全员出动，其他组别必须要分担他们的勤务。

　　"怎么我觉得我前不久才刚值过班？"

　　练马警局一楼服务台。坐在久江身旁的原口发着牢骚。没错，原口三天前也在分局值班。

　　"是没错啦，不过我们有大案件时，也是会麻烦他们。"

　　久江望着站在玄关外值班，似乎很冷的暴力犯组组员的背影，强忍着不打呵欠。她心想干脆到外头抽根烟赶走睡意吧。

"来几颗吧？"

峰岸忽地从后头递出什么，好像是薄荷味最重的飞时酷，似乎对赶走睡意很有效。

"谢谢，我拿几颗。"

结果，仿佛盗走久江思绪般似的，原口起身说：

"我去抽根烟。"

他大大伸了个懒腰，走出服务台。他也曾经尝试戒烟过好几次，最近又开始抽了。换句话说，他跟久江是同类。

峰岸轻轻往隔壁空出的座位坐下。

他的味道淡淡地掠过久江鼻尖——

并不是汗臭味，也不是古龙水或整发剂的味道。如果硬要说，应该是来自肌肤吧。靠近峰岸，偶尔就会闻到这个味道，温和的、柔软的味道。

一种类似温暖的东西，接近安心的感觉。

"对了，鱼住前辈在学生时代做些什么？"

不过他吐出的气息有强烈的薄荷味。

"怎么突然问这个？你是指社团吗？"

"嗯……读书方面也可以，什么都可以。"

奇怪的人。怎么会突然对年长十岁的女性的学生时代感兴趣呢？

"不好意思说，因为跟警察完全扯不上边。"

"什么不好意思说？学系吗？"

"嗯。"

"又有什么关系？请告诉我。"

久江觉得惊讶。个性害羞，比较缺乏表情的峰岸，罕见地露出坏心眼的目光看着久江。

"伤脑筋……嗯，这个嘛，我是专攻东洋哲学，文学院的东洋哲学学系。"

哇啊。峰岸发出佩服的声音。

"东洋哲学学什么呢？"

"学什么……算是学什么呢？我学了印度、中国的哲学历史，日本的也学了一点。还有国学、儒学，基本上全都忘光了，就是……你呢？"

峰岸摇了摇手中的长时酷盒子，嚓！摈！

"我学经济，不过几乎都不记得了。"

"你参加什么社团？"

是什么呢？看他笑得很诡异。

"你觉得是什么呢？"

"呃……不知道，体育方面？"

"对，不过只是同好会。"

"跟现在的工作有关？"

"有，关系蛮大的。"

"嗯，有关系啊。是什么呢……"

久江猜了几种都没猜中。

峰岸先逗得久江很焦急,最后才很得意地公布答案说:

"是综合格斗技。"

"哇,像K-1之类的吗?"

"那是立技,所谓综合就是包括打击跟寝技,就像不用武器的逮捕术一样。"

"啊,对啊,你的逮捕术很厉害。"

这时天花板上的广播器响了,传来广播声:

警视厅来电,小竹町一丁目四十三号附近路上疑似发生轿车撞上行人的车祸,各相关人员尽速前往现场。

久江下意识地起身,这时外头的原口也正往里面看。久江对他招招手,他便连忙将烟丢进烟灰缸里。

峰岸转头望向无线室的门,然而应该在里头的刑组课课长似乎没有要走出来的样子。

"小竹町一丁目是很宁静的住宅区呢。"

"是啊……"

"交搜(交通搜查)不在。"

"看来只有我们去了。"

久江抬头看看墙壁上的时钟。

凌晨零点四十四分,日期已经是十一月八日了。

小竹町距离练马分局约十分钟车程，久江他们搭出租车来，那似乎是正确的。车祸现场位于双向两线道的马路进去两三米处，要是来了大批警车，光那样就会让这一带车辆无法通行吧。

已经有一台警车赶到现场，红色警示灯转动着。负责看守的是小竹町派出所的警察吧，现场围上了禁止进入的封锁线封锁周边。

"辛苦了，被害人呢？"

是。年轻警察抬头挺胸。

"刚才救护车已经抵达，被害人送去医院了。"

"加害人呢？"

"在里面。"

"谢谢。"久江道谢后越过封锁线，峰岸、原口也跟在后头。

案发现场的马路被疑似肇事的车辆挡住一半以上，圆圆的车尾乍看没有损坏之处。车种是丰田Vitz，看起来像银色，不过或许在明亮的地方看会带点蓝色也说不定。

马路在十米远的前方就没路了，左右跟正面共有三栋民宅面路而建，现在每一家的玄关都亮着灯，居民从明亮的窗户内窥探案发现场的情况。

车辆的右斜前方有两名制服警察跟一名缩着身子的西装

男。久江找站着的警察当中认识的那个说话。

"辛苦了。情况如何?有吉警官。"

有吉比久江年长,位阶是警部补,在分局内是有名的KTV爱好者。

"辛苦了,被害人恐怕……很危险。"

有吉边说边拿着手电筒照着车辆前方。

正面建筑的浅黄色石造门柱上血迹斑斑的,留着摩擦过的血痕,其一米远前方的柏油路上也留着黑色痕迹,那应该是一摊血吧,形状是圆形的。车辆跟门柱之间的距离约三米远。

究竟是怎样的车祸呢?被害人被撞后爬行过去抱住门柱吗?不,或许是被撞飞后撞到门柱,然后倒在这边再度出血。

"身份呢?"

"被害人是那家主人。"

有吉指着正面那户人家,并摊开他的笔记本给久江看。

"神野久仁彦先生,四十三岁。这位是柿内士郎先生,四十二岁。他们是朋友。"

两人的年纪都跟久江差不多。不过居然撞到自己的朋友,运气真差。

久江低头看脚边的男性。柿内士郎直接盘腿坐在地上,头无力地低垂,双手紧握头发,仿佛在拉扯着头发。

"神野先生的家人呢?"

"他有太太跟女儿,两人刚才都随着救护车走了。"

再看一次柿内，缩成一团的肩膀似乎很冷的样子。

"他不知道有没有带外套？"

久江戴上白手套，打开车辆右后方的车门。瞬间弥漫着浓浓酒味的空气袭来。久江清楚皱着眉头望向有吉，有吉边颔首边做出拿酒杯喝酒的动作。似乎是酒驾惹的祸。

后座只有文件公文包，并没有外套之类的东西。

久江顺便打开驾驶座。或许是理所当然，驾驶座的酒味更强。副驾驶座也没看到外套，没带那就无计可施了。

然而就在久江放弃，正要关上车门的那一个瞬间……

在周遭民房的灯光照射下，仪表板上好像有什么在发亮。久江仔细一看，方向盘的前方有飞沫，虽然并非大量，不过到现在还没干。

"鱼仕前辈。"

峰岸唤她。久江回头一看，是刑组课课长长友警部来了。

她起身，关上车门。

"辛苦了。"

"什么状况？"

跟刚才有吉一样，久江也做出拿酒杯喝酒的动作。

"……被害人跟加害人听说是朋友。"

长友蹙起浓眉。后头来了另一名制服警察拿了某个东西给有吉。原来是携带型酒测器。

有吉蹲下说：

"柿内先生，先看我一下。你可以在这里吹气吗？这里，就是这个窗口。"

柿内沉重地抬起头，重重地如山崩般地颔首后，转向有吉。他遵照指示，向对着他嘴巴的酒测器呼气。

"好了，柿内先生看这里，这个是你刚才呼气中的酒精浓度，零点一八毫克，完全是带有酒气的喔。"

呼气中的酒精浓度以每升零点一五毫克跟零点二五毫克为界，行政处分也随之改变。当然刑事处罚则又另当别论。

"那么可以请你站起来吗？"

有吉跟另一名制服警察一起协助让柿内站起来。

"很简单，只是看你此时的运动能力。可以吗？请你走直线过去那边。"

那边指的是久江他们现在所站的地方。久江跟长友他们连忙后退，空出通路来。

柿内最先一两步有些蹒跚，之后几步还蛮稳实，或许是直接坐在柏油路上，脚有点痛的关系吧。这要如何判读呢？是酒醉状态，还是勉强过关？

有吉的判断是没有酒醉只是带有酒气，但无论如何都逃不过道交法与刑法两方的严罚。

接手后，久江先让柿内坐上长友开来的搜查用警车后座。

峰岸也随后跟来，打算坐进副驾驶座。不过在那之前……

"峰岸，抱歉，麻烦你买瓶水回来。"

久江指着走出现场就看得到的自动贩卖机说。峰岸点头说好，先将门关上，然后一边摸索着口袋里的零钱，一边走过去。

久江打开车内灯，重新审视柿内。

或许是因为自然卷的头发与长鬓角，给人有点像动物，仿佛布偶娃娃的印象。年纪据说小久江一岁，不过看起来比实际年龄稚嫩。对，稚嫩比年轻更符合他给人的印象，就是所谓的娃娃脸。体型属于中等身材。

副驾驶座的门再度开了，峰岸一边坐进车内一边递出宝特瓶说：

"久等了。"

"谢谢。"

久江打开宝特瓶瓶盖，递给柿内。

"喝点水。等你冷静下来后我们再谈。"

柿内颔首，出乎意料地乖乖喝水。他用舌头拨弄水好一阵子，不过似乎并不是在品尝，而是想弄掉口中的黏稠感。喝了酒已经过好一段时间，体内水分流失，唾液也变得黏稠了吧。

他总算吞下去了。突出的喉结在长出细微胡子的皮肤内侧滚动。

过了一会儿，柿内颔首表示歉意。

"可以了。"

久江也点点头,准备好笔记本跟笔。

"那么,首先能请教你们在车祸发生前几小时的行动吗?"

"是……嗯,我们晚上七点在六本木会合。"

"六本木的哪里?"

"六本木交叉路口的ALMOND咖啡厅斜对面的银行前。"

"只有你跟神野先生两个人吗?"

"是的,没错。"

久江到目前还不知道神野久仁彦这个人的长相与体格,完全无法想象他们两个人会合的场景,是到处可见的两个上班族见面,还是超脱年龄,像学生一样嬉闹的感觉呢?

"然后我们去了居酒屋。"

"请稍等一下,那台是你的车,对吧?"

这一点刚才有吉已经检查过行照了。

"对,是我的车,今天我有要事一定要开车去公司,虽然记得跟神野有约,但我心想不喝就好,喝了也可以请人代开,没多做考虑……"

"那么为什么没那么做呢?"

柿内一脸苦涩地说:

"嗯……我也不知道,为什么我会开车呢?"

现在后悔也于事无补了。

"柿内先生在哪里工作?"

"坎得利啤酒的坎得利控股公司,目前在威士忌事业部。"

"神野先生呢?"

柿内突然支支吾吾。

"是什么不好说的工作吗?"

"不是,并非如此。"

"如果不能说也不勉强。"

反正查一下就会知道。

"嗯,那个……他是艺人经纪公司的老板。"

"像我这种人听到也知道的经纪公司吗?"

"我不知道,公司名称叫'第八奇迹'。"

久江完全没听过,不过坐在副驾驶座的峰岸"啊啊"地发出知道的声音。

"你们只去那家居酒屋吗?"

"不是,我们说要去安静一点的地方,不过旁边有女性坐陪的店无法好好说话,于是决定去KTV。"

"在那里也喝了几杯吗?"

"是啊,嗯……喝了几杯,我原本只打算喝一点点而已。"

"具体来说是喝了多少呢?"

柿内露出不清楚的表情说:

"我不记得了。"

换言之喝了相当多吗？运动能力的测验结果判断只是带有酒气而已。

"没有收据吗？"

"没有，我没拿。"

"记得是哪家店吗？"

"我们随便在路上找的店，去附近看应该认得出来，可是现在要我在这里描述是哪里的哪家店，我没办法。"

"KTV也一样？"

"是，我现在想不起来。"

久江写下要确认店家。不，处理交通事故不用做到这样吧？需要吗？

"去了居酒屋跟KTV之后就决定回家了吗？"

"对，我们就决定回家了。"

"当时车子呢？"

"停在投币式停车场，就在六本木交叉路口附近。"

"没有找人代开？"

"没有……我选择自己开车，而且神野也喝得很醉，我决定先送他回家……我知道这样的借口说不通，不过从六本木到这里的一个小时左右，我很安全地开回来了，我其实并没有喝得那么醉。"

喝醉的人多半主张自己没喝醉。

"原来如此，你的确是平安开回这里。但神野先生下车后究竟是怎么回事呢？"

　　柿内的嘴角再度苦涩地扭曲。

　　"现在回想起来，我想我没有打倒退挡。一般倒退时不是会发出声音吗？哔——哔——的声音。我没有听到声音，只是身体像这样转向后面，怎么说呢？就觉得可以倒退吧……结果油门一踩，后窗玻璃看到的风景却出乎意料地一直远离。当我惊觉不对时，传来'嘭！啪！'的声音，我转回正面，之后的事情就不太记得了……不过我好像看到神野上半身往后仰的背影。"

　　也就是说神野是从后方被撞飞的吗？那么就是被撞飞后撞上门柱，然后瘫软往后倒造成那道血痕。应该要这样解释吗？

　　幸好车祸现场是私人道路，可以封锁到今天中午左右，事故车也保持原状。接着只要等换班后交接，让交通搜查组接手处理即可。

　　然而就在要将柿内送往分局时，久江突然想起一件事。

　　仪表板上的飞沫。那究竟是什么呢？那个应该要趁现在还没干之前，先采样比较好吧？幸好久江携带了简易采样工具组。

　　她拍拍坐在驾驶座的长友的肩膀说：

　　"抱歉，课长，车辆的钥匙可以再借我一次吗？"

　　"还有什么问题吗？"

长友从口袋里取出柿内交给他的钥匙。

"谢谢。"

久江拿着钥匙走回现场。

她打开事故车驾驶座的门，之前看到的飞沫已经半干了。

值夜班负责案件班期间，即使遇到非专门的案件，也要负起责任处理，可是只到翌晨交接为止，之后也不会负责该案件。

然而凡事有例外。

"交搜因为上次那起交叉路口的车祸正焦头烂额中，他们希望这件事由刑组课处理。"

八日早晨，应该是出去交接的宫田，居然直接将案件带回来。

"刑组课也有很多组别啊。"

久江比了比刑警办公室整体。刑事系统有重案、智能、盗犯、鉴识，组对系统有组对、扫黑、暴力犯搜查、枪械药物等各种组别。

"别说那种刁难的话嘛，久江。"

"干什么？恶心。"

"就开开心心说你会负责嘛。"

"我不要，这种案件……"

喝醉酒不小心撞到朋友，无可救药的案子。

"组对的村井先生不是对交通案件很熟吗？"

久江听说隶属组对组的村井警部补以前是总部的交通事故案件搜查组主任。

"村井从上周起就借调去光之丘分局的帐场了嘛。"

快接近六十岁的男人，用那种撒娇的口吻说话，一点也不可爱。

"盗犯跟暴力犯不也全都抱怨没事做吗？"

"可是不知道为何，从昨天起每一组都忙到呈现人手不足的状态。"

骗人，绝对是谎言。

"拜托啦，久江，你是昨夜最早抵达现场的内勤啊，你就利用这个优势，迅速解决这起案件吧。"

老狐狸。宫田每次拜托这种事时不会找其他刑警长，一定会找久江。

久江觉得他真的很狡猾。

首先为了确认被害人的情况，久江跟峰岸先到被害人被送抵的医院探访。

在服务台询问后，得知神野久仁彦还在加护病房。顺道询问应该在医院的他的家人何在，服务台人员表示她们在同楼层的休息室。

照着服务台人员的指示来到二楼的加护病房，就看到宽敞走廊的墙边，有两名女性坐在长椅上。

"抱歉打扰了，请问你们是神野久仁彦先生的家属吗？"

最先抬眸看久江的，是二十来岁的女儿。她的五官端正，是难得一见的美女，黑色长发从肩膀落下，光滑柔顺，仿佛在看洗发精广告。

然而惊讶还太早。

接着望向这边的母亲更惊人。

脸上虽然看得出熬夜的疲惫与脱妆，但是她的美貌，依旧让身为女性的久江惊为天人。带着优雅卷度的栗色头发，圆润的大眼眸，白皙肌肤，高领针织衫下的细长脖子，简直就像少女漫画里会出现的母亲。

"是……我是神野的妻子。"

母亲一起立，女儿也跟着起身，恭敬地鞠躬。

"我是练马警局的鱼住。你先生的情况如何呢？"

"嗯……我们也还不知道详情，不知道应该怎么办才好。"

换言之还在生死关头吗？

久江先请母女坐下，他们自己也坐在旁边。

询问两人的名字。母亲叫逸美，女儿叫和美。

"听说加害人柿内先生是你先生的友人？"

听到久江这么问，逸美忍痛蹙着秀眉颔首说：

"大学时代起的好朋友……其实我也是。"

坐在隔壁的和美脸上同样露出沉痛。

"所以已经是二十三四年的交情了。这孩子也是……从小柿内就帮她看功课,在很多事情上也给了很多建议……"

全家都是朋友,更是可怜。对了,柿内士郎未婚,一人独居。

"抱歉可以请教是哪一所大学吗?"

逸美似乎在想别的事,她惊讶地倒抽气,回头看着久江说:

"啊啊……是,是东朋大学。"

"同一个学系吗?"

"不是,是社团,我们在演剧俱乐部认识的。"

原来如此。这么一说,逸美还真有舞台女星的感觉,神野久仁彦则是艺人经纪公司"第八奇迹"的老板。另一方面,柿内是坎得利控股公司的威士忌事业部企划课课长。三个人毕业后的发展还真是多彩多姿。

"你们怎么知道出车祸了呢?"

逸美稍微端正姿势,仿佛在寻找什么似的环顾四周。

"呃……刚开始是柿内来按家里的电铃,门也敲了好几下,我一开门他就跟我说神野被车撞到受伤了,要我叫救护车,拿毛毯或毛巾。可是后来叫救护车的是柿内。"

另一方面,警方也得知报警的是隔壁家主人,那边由里谷跟原口负责。

"我走出去一看，发现外子全身是血，我吓傻了……所以……"

"当时和美小姐在做什么呢？"

一直搂着逸美的肩膀像是在保护她的和美吓了一跳，转头望向久江回答道：

"我在二楼房间看书。"

"你如何得知车祸之事？"

"我觉得楼下很吵，于是下楼查看，才发现出了大事。救护车很快就来了……家母如你所见是这个样子，于是我拿了健保、现金，关好门窗，不过警察要我别关灯。然后我们就坐上救护车……"

蓦地，和美漂亮到不真实的黑发吸引了久江的目光。现在的年轻女孩好像多少都会想将头发的颜色弄得淡一点。

"请问和美小姐是大学生吗？"

是，和美很有礼貌地点头说：

"我念四年级。"

原来如此，所以才这样啊。

"那么现在一定忙于找工作吧？"

没想到她露出有些不好意思的微笑说：

"不过我运气很好，已经找到出版社的工作了。"

哇。听说现在在毕业前找不到工作的大学生也不在少数，在这样的情况下，她已经找到出版社的工作，算是很厉害。

和美忽然转身正面面对久江问：

"请问……柿内叔叔会怎样？"

"喂，和美。"

逸美压着和美的膝盖，像是在阻止她发问。

和美很不高兴地瞥了母亲一眼说：

"因为开车的人是柿内叔叔啊，就算是叔叔撞到爸爸，也有可能是被撞的爸爸不对。这种事……谁知道呢？"

这究竟是什么意思呢？

久江在午前回到警局，吃过午饭后把柿内叫出来。

柿内在拘留组组员的带领下走过来。他身上还穿着西装，不过为了防止自杀，领带被拿走了，他的上衣跟裤子都很皱。被扣上手铐还绑上腰绳，似乎给了他很大的打击，他从走进调查室后就一直低头遮着脸，肩膀也缩着。

久江对坐在对面的柿内说明缄默权与委任律师权。柿内轻轻颔首，但并未表示要找律师。

"神野的情况如何呢？"

声音也虚弱得可怜。

"上午我们去会见时他还在加护病房，我们已经委托医院，如果结束治疗要通知警方，不过截至目前还没接到通知。"

当然这也包括可能会接到"已经尽了最大努力，但仍旧回天乏术"的通知。

"是吗……"

柿内闭起眼睛,战抖着叹息。很可怜,不过现阶段只能懊悔自己愚蠢的行为,祈求神野能够快点好转。

"听说你们是从大学时代起的好友?"

柿内啪地睁开眼睛,带着疑问的目光望着久江。

"神野太太逸美女士告诉我的。听说她也参加同一个社团?"

"是啊,没错。"

似乎很坏心地,久江凝视着柿内的眼睛说:

"她很漂亮。"

柿内勾起些许柔和的微笑说:

"是啊……逸美是我们的女神。"

"我想也是。"

"她跟神野是天造地设的一对。"

到了这个阶段,久江还是连神野久仁彦的长相都不知道。不过就柿内的这句话来猜测,他应该是一个相当帅的美男子吧。

"他们很早就开始交往了吗?"

有一瞬间,柿内的视线往上凝住。

"不……他们应该是在二年级期末才开始交往,在那之前我也常跟他们在一起……神野、逸美和我……三个人一起度过的时间总是非常开心,仿佛大学校园里只有我们周围的空气跟别人不一样。就是那么幸福的时光。"

然而神野和逸美的想法不同是吗?

"我听说是演剧部?"

不。柿内摇头说:

"是演剧俱乐部,而且用汉字写'俱乐部'。东朋大的演剧俱乐部是历史相当悠久的社团,社团里有好几名演员、导演,以及朝其他领域发展的创作家,就某种意思来说,神野以前也是其中一人。"

他举了好几个人名,久江一个也没听过,询问旁边负责记录的峰岸,峰岸也抱歉地说不太清楚。

"那么,逸美太太是女主角,神野先生是她的搭档吗?"

似乎这点也不对。

"神野兼任剧本跟导演。正好上一个年级的人数较少,因此我们很早就开始做自己的舞台剧,其中的杰作是神野写的《爱你一百年》这个剧本,他以加藤和彦的同名曲为灵感写出来的。"

是喔。

"加藤和彦就是写那首《酒醉的人回来了》的人吗?"

柿内的表情扭曲,悲伤地说:

"一般来说,到最后都无法脱离那样的印象,不过他在70年代末期到80年代初期发表的欧洲三部曲是杰作,之后的《那个时候,波丽·罗兰珊》也是很成功的唱片。我把那张唱片介绍给神野，神野也很喜欢，于是将收录在第四首的《爱你一百年》改编成戏剧……一个被任性的情人耍得团团转的男人，有点搞笑，不过最后还是被抛弃的悲剧。主角……不好意思，是我，而扮演情人的是逸美。我到现在还记得很清楚，在咖啡厅的场景中，逸美的侧脸在窗外夕阳的照映下……真的好美。"

过了四十岁还保持着那样的美貌，当时二十来岁，一定更美。

"对了，逸美太太几岁？"

"跟我同年，今年四十二岁。"

"是吗……那和美小姐呢？"

不知为何，柿内不好意思地颔首说：

"逸美在三年级的冬天生下和美，隔年春天他们结婚，所以是学生时代就结婚了。"

难怪，就大学生的母亲而言，她很年轻。

柿内深深叹了口气，然后就又缩了起来，看起来就像小了一圈一样。

"当我知道逸美怀了神野的小孩时，老实说打击很大。可是任谁看来，适合跟逸美交往的人不是我，而是神野，连我自己都那么认为。其实有了一个结果出来，我也有点松了一口气……只是，该怎么说呢？一生只有一次的特别时光终于结束了，这样的失落感让我不知所措。过一阵子后，我跟神野两个人喝到烂醉，我在路边大喊'混蛋，你一定要让她幸福'，然后揍了他一拳……就这样，我放开了，之后我就一直以好朋友自居，成为他们商量事情的对象。"

那么为什么？

"昨天也是那种感觉吗？"

"是啊……嗯，所谓商量的对象，其实也不是常常。我们偶尔在一起喝酒，说说近况，发发工作上的牢骚，他会鼓励我早点结婚。常见的居酒屋闲聊罢了。"

正好讲到关键字，转到那上头试试吧。

"那么那间居酒屋究竟在哪一带，能不能请你看着地图想想看呢？峰岸。"

手才一伸出去，峰岸就已经抓准时机，把市区地图递过来了。

侦讯早早结束，久江一回到刑警办公室时正好接到通知。

神野久仁彦没有生命危险了，只是仍旧处于昏迷，不能大意的状态。至于其他后遗症，则要等他恢复意识后才会知道。

念完留言后，宫田转头看着久江说：

"嗯，无论如何还是好结果吧，如果就那么死了，会变成汽车驾驶过失致死罪。"

的确，同样是带有酒气的驾驶，致伤与致死的刑期大大不同，致死很有可能会判五年以上的有期徒刑。

"对了，调查情况如何？"

"啊啊，好的。"

久江报告几乎已可锁定柿内与神野两人喝酒的居酒屋与KTV，明天送检后打算去确认。

里谷这组没多久也回来了。

"那个呢，柿内在车祸后也相当慌张吧，我仔细问了问，发现他做出许多意义不明的行为。"

就这样自然而然地在刑警办公室里开起搜查会议来了。

"你说的意义不明是什么？"

"那条路进去的左手边，从神野家看过去是右边的那户人家的二楼有长子的书房，他说当时听到声音便从窗户看出去，结果看到柿内下车后，突然从案发现场走到外头的马路去。"

那很奇怪吧？

"他说柿内下车后最先走到外头的马路去吗？"

"是啊，那名长子这么说。"

"他没有先到车子前面看神野的情况，反而往后，也就是往反方向走到马路那头去？"

"对，他这么说。"

"为什么？"

"那种事我怎么知道，你明天问问看啊。"

是没错啦。

"然后他仔细一看，神野家跟车子之间有人倒在地上，马上就折返的柿内稍微看了看倒在地上的人的情况后，接着便开始敲神野家的门。他想这可是非同小可的事,于是到一楼通知他父亲,两人感到好奇,便出门查看,结果发现倒在地上的是神野久仁彦,他太太、女儿、柿内都惊慌失措的样子,隔壁主人于是问有没有叫救护车,他们说叫了,他又再问有没有叫警察,结果他们说没有。神野一身是血,瘫软在地好像死了,这样不叫警察太奇怪了,于是隔壁主人便报了警。"

原来如此。

还有,宫田一指。

"鉴识报告出来了,根据报告,柿内曾经开车倒退过。"

"什么意思?"久江问。

宫田递出鉴识送来的报告说:

"从轮胎痕来看,柿内在那条路的正好中间点让神野下车,就在神野往前走的时候,柿内开始倒退……可是因为打挡错误,排挡不是打在倒退而是前进,于是车子不小心往前开,然后碰……在这个阶段,车子开到距离神野家零点六米的前方处。嗯,幸好车子刹得快,要不然神野会被夹扁在保险杆与门柱之间。"

接着他又指着报告的另一处说:

"不过接下来才是问题。神野被车撞飞,脸撞上这根有四十五厘米粗的门柱,之后瘫软滑下来,门柱上的血痕就是这么留下来的。根据鉴识判断,这时从驾驶座大概已经看不到神野的人影,所以柿内才会倒车。但实际上那么做并不恰当。"

宫田翻了一页，这回指着图说：

"那时候的神野应该处于身体离开柱子，依靠着车头的状态。然而这时候柿内倒车了。简单来说就是抽掉没有意识的神野的靠垫，这么一来神野当然往正后方倒，结果造成后脑勺重击地面……"

到此为止的经过久江明白了，可是……

"不过柿内为何要倒车呢？"

宫田也不解。

"根据鉴识推断，可能是从驾驶座看不到神野，柿内感到害怕，于是倒车到能看得见他的地方。也或许当时他还没察觉他撞到神野，只是车子已经开到距离门柱六十厘米了……从驾驶座看来，六十厘米几乎是没有距离，所以他心想太惊险了，也没多想就倒退。"

并非不可能，因为当时柿内也喝了很多酒。

"啊，可是组长，柿内至少有听到撞击声，也看到神野往后仰的样子，应该不是没注意到而撞上他。"

"是吗？那就不对吧。"

"还有一点。这上头没有仪表板上的飞沫的报告。"

嗯？宫田重新翻阅报告。

"咦？上面没有记载吗？"

那么是分析结果还没出来吧。

九日傍晚将柿内送交检察官，十日重案组全员出动进行现场勘验。

首先向租车公司调来跟柿内车子同型的丰田Vitz开到车祸现场，然后按照鉴识的推论开车，确认是否真的能造成车祸。

"原口前辈，你可别真的撞我喔。"

"别担心，交给我。"

峰岸扮演被害人，原口则扮演加害人。

行动由里谷指示。

"再前进一点，再前进一点……停，在这里碰撞。"

被撞到的峰岸舞动着身体冲到门柱。

"脸部撞上那里……滑滑滑……不，还不能坐下。先跪下……对，然后坐下，靠着后头……如何啊原口，看得见吗？"

询问坐在驾驶座的原口。

"没有，几乎看不到，只看到一点点头顶而已。"

"好，那倒退。慢慢、慢慢的。"

车子慢慢往后退，失去依靠的峰岸缓缓躺下。结果头正好倒在原本有一摊血迹，现在是用粉笔圈起来的地方。

"好啊，很成功嘛，是吧，鱼住？"

"是啊，看来没有错。"

的确，到此为止很好，可以说明车祸本身的经过，可是怎么想也无法解释柿内在那之后先跑到外面马路的举动。

久江提出这个疑问,里谷也不解。

"这点柿内怎么说?"

"他说不知道,不记得做过那种事。"

就久江听到的说明是,柿内在车祸后立刻下车查看神野的情况,发现他受伤情况严重,连忙去叫他的家人。

"是吗……不过那名长子头脑很清楚喔,不像是想睡觉眼花看错。"

久江无法计算那名长子的脑袋有多清楚,然而考虑到从二楼看到整个状况的他,跟实际上开车撞到朋友、目睹朋友受重伤的柿内,谁会比较慌张时,自然而然答案就出来了。

"可是就算他跑出去想做什么,他也马上就回来了啊。"

柿内有手机,实际上他也是用手机叫救护车,因此不可能是去找公共电话。那么为什么呢?车祸现场是三户民房围起来的私人道路,必须从那里跑出去到双向两车道的马路又马上回来的这种程度的事情、目的,究竟是什么?

久江也试着走到外面的马路看看。那里有宽一点五米左右的人行道,跟车道有若干的落差,不过连接车祸现场正面的部分是倾斜的,完全不会妨碍到汽车出入。

久江回头,从人行道望向车祸现场。一块地的中央设有私人道路,供三户人家出入,市售住宅常见的建筑方式。只是这一区的每一户人家都没有停车场,任何一位居民都不会想到居然会在这里发生车祸。

环顾人行道左右，雷同的双层楼建筑栉比鳞次，像是商店的地方，只有远处能看到的便利商店招牌。除此之外，就是前方的自动贩卖机而已了。

"……自动贩卖机吗……"

回想起来，刚开始让柿内坐进警车，在侦讯前久江曾叫峰岸去买水来。柿内在车祸发生后会不会也是为了消除酒气，因此去买水呢？不，就算他买了水也没时间喝。根据邻家长子所言，柿内跑出去马路后立刻折返。再者柿内完全不否认喝酒之事，实在很难想象他会慌张地找水喝。

那么还能做什么？跑到这里又能立刻折返的事。

自动贩卖机旁摆放着一个高约一米的蓝色塑胶桶，上面贴着回收空罐的标志，不过当然也能丢宝特瓶吧。

丢——？

对了，只是丢的话，瞬间就能完成。

有没有可能在车祸发生后，柿内跑到这里来丢了什么进去呢？

"怎么了？"

峰岸结束被害人角色后走出来找久江。

"你来得正好，峰岸，能不能帮一下忙？"

久江走到自动贩卖机前，扶着回收空罐的塑胶桶说。

"这个要怎么样？"

"我想想……先搬到那边去吧。"

倒在人行道上会造成困扰，因此先搬到案发现场入口附近，借来的Vitz后头。

九江接着说：

"整个倒出来吧。"

打开盖子，当场倒出所有内容物。量蛮多的，不知道是几天份的垃圾，不过看起来不像一、两天而已。其他垃圾还有面包的包装纸、香烟空盒、冰棒的棒子，以及一本周刊，差不多是这样。

"喂喂，你们在做什么？"

宫田跟里谷靠过来。

久江要求站在他们身后的原口说：

"原口，你可以把那台自动贩卖机贩售的饮料一样一样念出来吗？"

她一边说一边戴上白手套。

"喔……我开始念了。绿茶。"

"哪个牌子？"

"这台自动贩卖机是Uni Cola的，卖的全都是Uni Cola的商品。"

"好，知道了。绿茶的下一个呢？"

"还是绿茶，然后是乌龙茶、苹果茶、运动饮料将卡拉、矿泉水……"

峰岸也戴上手套帮忙。

这样分类后，发现连这台自动贩卖机没有贩售的宝特瓶与罐装饮料都被丢弃在这里。大概是在别的地方买，边走边喝，刚好在这附近喝完，因此丢在这里吧。

有骆驼饮料的清凉饮料水、波克的减糖咖啡、坎得利的乌龙茶等等。

原口低头问：

"鱼住，你这是在做什么？"

这到底有什么意义，久江自己现在也不知道。

现场勘验结束后，傍晚开始到柿内供称与神野去的居酒屋及KTV找线索。

居酒屋距离六本木交叉路口步行六七分钟，专卖串烧，并非连锁店而是单一店面。

"抱歉打扰了，我们是警视厅的人，七日晚上七点过后，有两名男性来过你们店里，请问有没有人记得？"

站在柜台的青年说"请稍等"后，便走到里面，随即带了一名看似经理的男子出来，男子的名牌上写着"中田"。

"你们好，请问有什么事吗？"

重复询问青年的同一个问题后，中田说了句"请稍待"后走进柜台。

"七点过后来店，那么埋单应该是九点左右吗？"

柿内并没有说明离开第一家店的时间。

"是，不过为了以防万一，可以提早一点。"

"那么我从八点半开始找，请稍待。"

没有正式的搜索令，不肯公开这类信息的店家也不少，幸好这次遇到明理的经理。

"两名男性是吗？"

"是的。"

找了一会儿资料后……

"啊啊，找到了。"

中田指着荧幕。

"九点十二分埋单的。我前后看过了，两名男性的客人这天到十一点左右都没有，应该就是这组没有错。要不要打印收据呢？"

"麻烦了。"

两个男人坐了快两小时，点的品项却不多，综合串烧、萝卜沙拉、一口饺子、烤饭团，饮料则点了中生啤两杯、特调梅子烧酒一杯、乌龙茶两杯。

"请问负责接待他们的服务生现在在店里吗？"

"我看看……她在，请稍等一下。"

这回被叫来的是一名个头矮小，身材圆润的女性。

"抱歉这么忙碌时来打扰。请问你还记得七点过后来店里的这两位男性客人吗？"

出示昨天总算拿到的神野的照片以及柿内被逮捕时的照

片。

"啊啊,是不是坐在D3桌那边的客人呢?"

中田从旁插嘴说没错。

"那我就记得,不过结账的人不是我。"

"嗯,先不管结账的事……这个是我刚才拿到的收据,你知道这个啤酒、特调梅子烧酒跟乌龙茶是谁喝了多少吗?"

果然摇头。

"我不太清楚。"

"主要点东西的人是谁呢?"

"这一位。"

是柿内。

"记不记得有没有哪一方喝醉了呢?"

她深感歉意似的低头说抱歉。

久江也去了供词里提到的KTV,很可惜店家表示没有符合条件的客人。不过为了谨慎起见,久江到附近的KTV一家一家询问,结果第三间就问到了。

"男性客人两位是吗……有的。九点二十七分来店,十一点零二分结账的两位男性客人。"

这里也请店家打印出收据。

"能见见接待这两位客人的服务生吗?"

"好的,请稍待。"

被召唤而搭乘电梯下楼的是一名二十来岁的男性,对他也重复相同的说明,出示跟刚才一样的照片。

"是不是这两个人?"

"啊啊,对,很像这两个人。"

然后再出示收据。

"你记得是哪位男性喝了三杯威士忌调酒、绿茶调酒、莫吉托吗?"

此外还点了姜汁汽水、乌龙茶各一杯。

"这有点困难,我们只是在门口送饮料而已,很少有机会看到客人喝的时候。"

"那么接饮料的多半是哪位男性呢?"

"坐在门口附近的应该是这一位,所以接的人应该也是他。"

还是柿内。

"那么记得有哪一位喝醉了吗?"

"嗯,不知道,包厢里的照明都设定得较为昏暗,看不清楚脸色,还有我们进入的瞬间气氛多半会冷场,就算正玩得很开的包厢也通常会冷静下来。"

这时久江最早问的店员插嘴进来说:

"不好意思,可以借我一下吗?"

他指着久江手上的照片。

"当然。"

接过去后，他好像是在摸索似的注视着那两张照片。

"我记得这位客人喝得很醉。"

是神野。

"发生了什么事吗？跌倒？"

"是啊，另一位在埋单时这一位手肘撑着柜台，闭着眼睛好像在打瞌睡，不过他撑着的地方正好是放那些传单的地方。"

收款机旁堆着一厘米高的传单。

"他咻地滑了一下，传单也散落一地。这件事本身并没有什么大不了，客人没有受伤就好，不过我还记得当时另一位客人连忙搀扶他，问他没事吧，因此我猜这位客人应该喝得很醉吧。"

埋单的人是柿内。

因为传单而滑了一下，差点跌倒的是神野。

搀扶他的人是柿内。

晚上七点过后，久江跟峰岸回到警局。

"咦，都没人在呀。"

刑警办公室居然空无一人，奇怪，至少原口应该在处理久江委托的事啊。

"都回家了吗？"

"怎么可能，到下面看看。"

他们去值班人员值班的地方，一楼的服务台询问。

"抱歉，有没有看到重案组的原口？"

坐在里面的生活安全课巡查部长回头过来说：

"他在停车场摊开垃圾，不知道在做什么。"

"我知道了，谢谢。"

久江赶紧绕到警局后方的停车场。

果然，原口蹲在有屋檐的停车场内，目不转睛地瞪着并排在地上的宝特瓶，双手戴着白手套。

"原口，辛苦了。"

走到附近，原口抬起呆滞的眼睛望着她说：

"啊啊，鱼住，老实说真的很辛苦。"

"嗯，谢谢。结果呢？"

原口身旁除了宝特瓶之外，还有剪短的纸带状的东西散落一地。

"我去找鉴识，鉴识说很简单叫我自己做，拿了这个给我。"

他拿出小盒子，上头写着"酒精检验试纸"。

"我现在才刚全部试完，已经干掉的宝特瓶我也滴上鉴识给我的干净的水，用那个检验。不过有反应的只有这个……坎得利的乌龙茶。"

果然是那个。

"真是太辛苦你了……不过其实不用做得那么严密也无所

谓，就这样打开瓶盖确认有没有酒味就可以了啊。"

哎呀，这个不应该讲的。

久江马上拿着那个宝特瓶去鉴识组，塞给留在办公室里的钎本主任。她说：

"请先采集这上面的指纹，然后跟柿内士郎的指纹比对。接着请调查瓶口是否有残留唾液以及里面残留的液体是什么。还有，八日的事故车上的仪表板上采集到的液体，那个的鉴定结果出来了吗？"

"等等，鱼住。"钎本起身说：

"你一下子叫我做这么多事，我也很困扰，昨晚发生两起车内遭窃案，我这边人手也不足。"

"啊，反正是被害人已经得救的车祸。你一定这么想对吧？这种想法太天真了。撞到的是他的好朋友，要是留下严重后遗症，加害人大受打击而自杀的可能性也不是没有。"

不知道是不是被说服了，钎本答应尽可能早点进行。

柿内在十日就从地检署回到练马分局，之后决定延长拘留时间到最长的十天。

十一日是星期天，久江原本想去柿内公司询问相关人员有关柿内最近的工作情况，然而遇到休假日也无计可施，只好延到隔天。

她决定先去找他们大学时代的友人。

宫田蹙眉说不过是车祸,不需要做到那种地步,可是久江认为需要,她甚至觉得这已经不是一起简单的车祸了。

话虽如此,要找出他们大学时代的友人,也费了一番工夫。如果是一般情况,只要询问神野太太,请她提供名单就可以了,但逸美本身也是大学起的朋友,就无法这么做。逸美是没有什么可疑之处,可是她要是预先要求朋友"那件事别说喔",那么就会对搜查造成阻碍。

基于这个理由,只能自己寻找友人。

首先前往大学的学生会。东朋大学演剧俱乐部是历史悠久的社团,久江认为一定有校友名册之类的资料。

"那种东西由各社团的执行部自行管理。"

自称浦木的人员很公事化地这么告知。

"那么可以介绍该社团的现任代表给我吗?"

接下来是现代科技的神奇之处。久江还在当学生时当然没有手机,或许有计算机通讯,不过网络与电子邮件根本连个影子都没有。

但现在不一样了。

"喂,我是学生会的浦木,现在有警察来我们这里要求看演剧俱乐部的校友名册,有办法吗……啊啊,这样啊。"

浦木压着话筒转头说:

"他们现在正在新宿的剧场排演,如果你们过去,不介意是档案形式的话，可以拿给你们看。"

太好了。

"我们过去，现在就过去，请告诉我们地点。"

可是浦木又讲了两三句话，就挂掉电话了。不过那似乎没有关系，因为没多久就收到剧场地址的简讯，浦木将周边的地图打印出来递给久江。

"现在的代表是鉡口同学，他说你们在服务台报他的名字他就会马上出来。"

"这样啊，谢谢你。"

跟这个相比，害怕情报泄露，至今在警局里都还无法上网的警察组织，真是落后啊。

顺利跟鉡口见到面，也看到了名册。从那里起步，找到了跟柿内他们同一届的一名女性。

对方表示晚上可以抽出一小时的时间，于是他们约在涩谷的咖啡厅见面。

"很抱歉，突然找你出来。"

"不会，没关系，反正我的生活无关星期也无关昼夜。"

绚子是自由作家，跟逸美给人的感觉不同，但同样是散发出年轻气息的女性。她脱下的大衣是非常鲜艳的橘色，大衣底下穿的是胸口大大敞开的针织布衫，明明都已经是冬天了。警察相关工作者不可能做的打扮。

峰岸该不会盯着对方的胸部看吧？久江看向隔壁，还好没有，他非常认真地盯着拿到的名片。

"有什么事呢？你说要问柿内跟神野的事吗？"

久江故意不提发生了柿内是加害人，神野是被害人的车祸，只说想知道他们学生时代的事情。

"那么是跟神野的公司有关的事啰？"

"不是，并非如此。"

"逃漏税还是……跟这个有关？"

她伸出涂着嫩绿色指甲油的食指在脸颊画一条线。的确，艺人经纪公司有时也会跟那类组织有关联。

"不是，并非是那种事，我只是想请教柿内先生跟神野先生在学生时代的关系。"

喔。绚子一脸无趣地点头后，从皮包里取出细长的香烟并点火。

"我听说柿内先生、神野先生，还有现在是神野太太的逸美女士，他们三个人从学生时代起感情就很好。"

"啊啊，你说二宫啊。她本姓二宫，大家都叫她二宫……的确，那三个人当时很特别，该怎么说呢，或许可以说是保持着绝妙的平衡，完美的'正三角关系'吧。"

二宫逸美，连名字都这么美。

"不过周遭人都有预感最后神野先生跟逸美太太会交往，不是吗？"

绚子打哈哈似的朝着别的方向说：

"嗯，应该没有那回事。没错，神野是很帅，可是柿内是个好人，我觉得二宫对柿内也不是没有意思，更何况柿内在学妹们之间比神野还吃香。因此大家知道二宫怀了神野的孩子后反而觉得无趣，太普通了嘛。"

绚子吐着烟，咯咯地笑着。

"当时柿内先生有什么反应？大受打击吗？"

"大家都知道柿内喜欢二宫，因此也安慰过他，也打趣过他……他的确是沮丧了好一阵子，不过另一方面似乎看起来也放松了……嗯，当时跟神野、二宫在一起，柿内自己也有逞强的地方吧。不过那样也好，柿内也是到了该长大的时候，可是当他变成孤单一个人之后，身上散发出的苦涩反而让他更酷了，连我都觉得想跟他睡一晚呢。"

呃，我不想知道那些事。

我想知道的是——

"柿内先生心里会怨恨神野先生吗？"

"因为二宫被抢走吗？"

"对。"

绚子噗地喷笑出来，夸张地摇着手说不会。

"那两个人，不，是那三个人不是那种关系。"

讲到这里，她突然严肃起来。

"最希望二宫能得到幸福的人应该是柿内，我想他多少有嫉妒,听说他还揍了神野一拳,不过没有恨,柿内不是那种人,这点你可以去问俱乐部里的任何人,认识他的所有人应该都会这么说。柿内不是那么肤浅的人,这点我可以保证。"

她望着久江的目光炯炯有神,看来有些激动。

"或许你无法相信,二宫在学中怀孕生子,可是她还是四年就毕业了。这期间替她搜集无法出席的课程的资料,她上课期间替她照顾小孩的人都是柿内,帮孩子换尿布、喂奶、哭了就抱起来安抚,带她到校园后面散步;那女孩不要别人,除了妈妈之外,就只给柿内抱。"

似乎想要冷静情绪,她抽了一口烟。

飘出的白烟透明白净,慢慢消失在空中。

"我想,那是爱,虽然还年轻。大家都说那已经跨越恋爱的阶段,升华为爱了。那种感觉我们看了就明白,看了就知道柿内士郎是怎样的男人,所以怨恨之类肤浅的话,即使是假设,我也不想听到,感觉好像连我们的青春都遭到玷污了。"

话都说到如此地步了,久江也不得不低头道歉。

十一月十二日星期一。

久江在上午造访坎得利控股总公司,见到了柿内的上司、威士忌事业部的渡边部长。

久江跟峰岸一起打招呼并交换名片。

"请坐。我接到联络了,是这样啊,他撞到学生时代的友人啊。"

　　一边听着柿内平常的工作情况，久江等待着提问的机会。在办活动、出差这类话题里想尽办法加入"车子"这个关键字。

　　"对了，柿内现在的工作常会需要开自家车吗？"

　　渡边露出不解的表情。久江的问法不恰当吧。

　　"譬如必须将公司里的东西带回家，或是相反。"

　　"不，我想应该不会有这种情况。"

　　渡边带着笑断言。

　　"或许有办活动需要使用的，大型的作品之类。"

　　"道具之类的东西吗？那些通常都委托专门的业者制作搬运，假设临时需要做那种事，一般也都会交给部下去做。你们别看柿内那个样子，他好歹也是企划课的课长，不需要开自己的车搬运资材。"

　　是这样吗？那么柿内七日会开自家车出来的目的会不会是跟工作完全无关的其他什么呢？

　　渡边喝了一口茶后，反过来抛出话题说：

　　"被撞的对方也真可怜，他是做什么工作的人呢？"

　　久江立刻在脑海中计较是否能公开这项信息。她想应该没有什么不适合之处。

　　"是啊……他是艺人经纪公司的老板。"

　　"这样啊，哪一家？"

"第八奇迹。"

结果渡边的眉头紧紧蹙起。他问：

"……第八奇迹的老板吗？"

"是啊，部长你知道他？"

"谈什么知道……就是仁久彦吧。"

有一瞬间久江还以为她听错了。

"不是，那个人叫神野久仁彦。"

"啊啊，那是那个啦，他的本名。他年轻时好像是演员还是剧本家之类的，取过笔名还是艺名的，就是仁久彦，仁义的仁，久远的久，然后是彦。"

仁久彦。将"神野久仁彦"省略再重组，当作艺名。

"这样啊……仁久彦是柿内的友人啊。"

"他跟贵公司有什么关系吗？"

"嗯，算是……有一点吧。"

"能不能告诉我呢？"

渡边抿嘴。

"我能说的不多。"

"就你能说的范围就好。"

这回他用力哼了哼。

"你们知道女星黑濑伦子吗？"

语音才刚落，隔壁的峰岸就发出知道的声音。不过久江也知道黑濑伦子，三十五六岁，很适合短发，眼睛并不是很大，但轮廓鲜明,感觉妩媚,现在很红的女演员。

"黑濑伦子怎么了?"

"你们不知道吗?她现在替敝公司拍威士忌广告。她饰演酒吧的妈妈桑,在柜台将苏打水倒入装着威士忌的玻璃杯里,然后说好了,您的威士忌调酒……将杯子递出来的广告。"

知道,久江看过。

渡边接着说:

"因为那支广告,现在非常流行喝威士忌调酒,敝公司现在业绩最好的也是威士忌事业部。"

到这里一直讲得很愉快的渡边突然倾身向前,压低音量说:

"可是……最近发生了很伤脑筋的事。"

"是什么事呢?"

"仁老板跟黑濑伦子好像……在一起。"

神野久仁彦跟黑濑伦子搞外遇?

"真的吗?"

"嗯,没多久就会知道了吧。你别看那样,其实第八奇迹没有强力的后盾,跟其他经纪公司、相关业界的合作也不是很在行,经纪公司本身可以说是靠黑濑伦子的人气在撑着而已。这样的丑闻被公诸于世,我们是很不乐见的,老实说。"

坎得利威士忌广告,黑濑伦子,艺名仁久彦的神野久仁彦,柿内士郎是坎得利控股公司的威士忌事业部企划课课长。

那起车祸的构成要素并非只有神野跟柿内吗？不是个人对个人，而是有更大的什么因素让那天夜里的柿内踩下犯罪的油门吗？

"抱歉，你说不久就会知道是什么意思呢？"

"会被刊登上八卦周刊啊。因为这样，我们也会遭遇池鱼之殃……这种危机管理是自己的责任，却因为跟他们公司的艺人有合作，就要其他公司帮忙善后，实在很不妥。公私不分也应该有个限度。"

那究竟是怎么一回事呢？

缠着不肯松口的渡边好一阵子，终于打听到《周刊现代》这个名字。

"可别说是从我这里听到的喔，因为不知道之后会发生怎样麻烦的事。"

"我知道，我绝对不会多话。"

取得联络，对方表示下午三点左右有时间，于是久江他们在那个时间走了一趟的编辑部。出版的阳明社位于千代田区神田。

在整片都是玻璃墙的大楼一楼服务台，告知是警视厅的鱼住。

"你好，鱼住刑警，请搭这边的电梯到四楼，《周刊现代》编辑部的青木在四楼等候。"

按照指示在四楼出电梯,一名微胖的男子在正前方等候。

"是鱼住刑警吗?"

"是,我是警视厅练马分局的鱼住。""我是峰岸。"

"初次见面,我是《周刊现代》的青木。"

打过招呼后,久江他们被带到会议室。拿到的名片上写着"总编辑 青木和哉"。看起来像三十来岁后半段。这样啊,这个阶段就已经是总编辑了啊。

"请问要喝点什么?咖啡或红茶?"

"谢谢,不用麻烦了。"

青木边说"这样啊"边走到会议桌的另一头。

"那么请问有什么事呢?"

"好,那么我就单刀直入请教。你们打算报道艺人经纪公司第八奇迹的老板仁久彦,也就是神野久仁彦的绯闻吗?"

青木蹙起眉头,上半身往后退。

"怎么?警察要对这件事施压吗?"

"不,并不会发生这种事,只是想知道你们是不是打算刊载这样的报道。"

或许在整理思绪吧,青木咬着下唇低头沉默了好一阵子。

最后他伸出圆圆的手探入怀中,取出烟盒。

"嗯,是有这个方案。"

"是什么内容的报道呢?"

"这点就算是警察……"

"跟黑濑伦子的外遇报道吗?"

青木浮现安心的表情,仿佛在说"什么嘛"。

"原来你们已经知道了吗?刑警小姐你人真坏。"

"你们打算报道那件事吗?"

青木衔着白色滤嘴,多次小幅度颔首。

"对,有这个打算。"

"预定何时刊载呢?"

关于这点他摇头。

"现状是暂缓刊载。"

"为什么?"

青木哼笑着说:

"刑警小姐,怎么?你想要求我们刊载那篇报道吗?"

"没有,我没有想要你们刊载,也没有不要你们刊载,只是针对那件事似乎有一些纠纷,我只是想知道情况而已。"

青木点了嘴上衔着的烟。久江也很想抽,不过她早已决定至少在搜查时要忍耐。

青木呼地吐出一口烟。

"虽然你这么说,可是我们没有需要警察帮忙的地方。"

"嗯,或许阳明社没有困扰,可是其他人觉得困扰的可能性也是有的。"

"你是指黑濑伦子、神野久仁彦老板或他的家人吗?"

"那也有可能,不过举例来说,或许会演变成坎得利控股公司也被卷进来。"

青木再度沉思。

他抽了几口烟,在烟燃烧到一半时便捻熄在烟灰缸里。

"嗯,我们也不愿意情况变成那样。"

"怎么说呢?"

"就是坎得利与黑濑伦子的广告啊。对坎得利而言,威士忌及威士忌调酒是现在最畅销的商品,黑濑伦子是他们的广告代言人,我们也不想因此跟他们有不愉快的裂隙。没想到一听说我们要刊登仁久彦跟黑濑密会的照片,具体来说有在车上拥吻、出入旅馆、在黑濑自家大楼电梯前的拥抱……这些照片的报道,坎得利居然来抗议,说如果我们刊登黑濑的报道,就要中止跟我们的广告合作一阵子……没错,坎得利是我们重要的广告商,因此也提出过顾虑到这一点的方案。"

青木无趣地咋舌。

"就是只留下仁久彦,黑濑的脸打马赛克,用这种方式来解决这件事。可是坎得利说这样也不行,因为就算打上马赛克,还是马上就能认出是黑濑,要求我们停止刊登那篇报道……被要求到这种地步,我们也觉得奇怪了。不过是一个广告商,为什么会要求我们到这种地步?而且还不只这样。"

青木又再衔上一根烟,不过这次迟迟没点上。

"可恶……而且除了坎得利威士忌之外,黑濑也拍了MEC的计算机广告、手机广告,到处都有人打电话来问到底要不要刊黑濑的报道。我知道一定是仁久彦干的好事，那个家伙……根本没有实力，就想靠黑濑一个人在业界里称老大吗？我们甚至想说干脆别管广告了，全部登出来算了。"

然而此时青木的表情突然一变。

"不过呢，后来发现我们也还有法宝，正打算拿那个直接去跟仁久彦交涉。"

这时青木的表情就像黑道要亮出王牌前，带着威胁的样子。

久江回到警局时，鉴识报告已经来了。

全都如同久江预料中的结果。

她可以立刻调出柿内再度侦讯，不过她故意等一晚。

时间还很充裕，无须着急。

十一月十三日星期二。上午十点准时将柿内从拘留所带到调查室。

让他坐在内侧座位，腰绳重新绑在椅子上，解开手铐。

柿内穿着灰色羊毛衣，蓝色运动裤，不协调的打扮。运动裤是跟警方借的。

"早安。"

反应只有稍微点头而已。他的表情僵硬，目光锁定桌上的一个点。

"逮捕就快一周了，如何呢？睡得好吗？"

有气无力的声音回答"有"。

久江也缓缓叹了一口气。

"今天要跟你说几件重要的事，同时也要问你同样重要的问题，我希望你尽可能老实回答我，可以吗？柿内先生。"

再度传来只有气息的回答。

"首先我想确认的是，你在车祸当时是不是根本就没醉的这件事。"

柿内只有眼睛像另外的生物一样望向久江的脸。不过那也只有一瞬间，随即又再度低头回到原来的姿势。

干枯的嘴唇上下分开，中间出现黑色龟裂。

"……或许有程度的问题，不过我醉了。不是做过酒测吗？"

这点久江也颔首。

"不过那个酒测距离车祸已经过了二十多分钟，严格来说可能不是车祸当时的状态。"

"我们去了居酒屋又去了KTV，喝了各种酒……一般都会醉。"

"可是在两家店都点了非酒精饮料。你只有喝那个吧？生啤酒、特调烧酒、威士忌调酒、鸡尾酒，全都是神野先生一个人喝的吧？"

柿内没有反应，或许假装在思考，然而看在久江眼里，只觉得他是为了不随便让久江抓到小辫子而努力维持面无表情而已。

"请看这个。"

久江出示准备好的两张照片中的第一张。

"有印象吗？"

柿内只瞄了一眼便又垂下头。

"从车祸现场前的自动贩卖机旁的回收桶中找出来的宝特瓶，坎得利乌龙茶三百五十毫升……是不是很眼熟？最近你喝过这款饮料吧？"

还是没反应。

"这上面有柿内先生你的指纹与你的唾液，还有少量的威士忌。根据成分分析结果，确认是你们公司现在最畅销的坎得利威士忌。你是不是在用车撞神野先生之前喝了预先准备的这个，假装是酒驾？"

柿内似乎想说什么，却无法成功发出声音，于是吞了吞口水，舔了舔了嘴唇后才开始说：

"就算我喝了那个，把它丢在那里，也不能确定是在撞神野之前吧？"

"关于这一点，"

久江再出示另一张照片。

"这是你车上的仪表板，位置正好在方向盘的前方……这里，可能有点看不太清楚，这里有一点什么飞沫，你看得清楚吗？这边的颜色明显不同吧？这个在车祸后还湿湿的，是我发现，然后采样送去分析的，这个也是坎得利威士忌。换句话说，你在我发现这台车之前不久，威士忌的水滴都来不及干的时间内，坐在这个驾驶座喝了预先装在宝特瓶里的威士忌。可是或许是着急着一口气喝掉吧，你大概呛到了，稍微喷了一点出来，结果残留在仪表板上……"

还不肯坦白吗？

"柿内先生，坎得利威士忌是你们公司的主力商品对吧？做这种事不好吧！为什么利用它来做这种事呢？"

还拍不响吗？柿内胸口的盔甲比想象中还要厚实。

"幸好神野先生保住了一条命，你的罪名应该会是……汽车驾驶过失致伤，可是讲白了，你干的是杀人未遂，你对神野先生有杀意。七日，你一开始就打算杀害神野先生，所以开自家车上班。你跟他见面，灌他喝酒，说要送喝醉的他回家，把他带上车，送他到家门口。"

"为什么！"

柿内蓦地大声发言。

"为什么我要那样对神野，他是我的好友，二十几年来的好友啊。"

"也许正因为如此，不是吗？"

久江故意目不转睛地凝视着柿内的眼睛，柿内也不避开。

"听说神野先生最近差点被《周刊现代》揭发丑闻。"

随着短暂的眨眼，柿内微微错开目光。果然最大的动机是那个。

"神野先生跟第八奇迹旗下女星黑濑伦子有外遇关系，这件事被《周刊现代》发现，打算报道出来。神野先生接到联络，想尽办法要阻止这件事，最有效的方法，应该就是经由广告商向《周刊现代》抗议。他认为其中最具威胁的是坎得利控股公司，于是要求坎得利向周刊施压，说若是他们不打消刊载报道，就不再买广告。"

暂歇，窥探脸色。柿内仍旧别开目光。

"我不太清楚，不过听说杂志不是单靠业绩获利，这点报纸也一样吧！神野先生利用这个布局，以为自己完全压制了《周刊现代》。可是《周刊现代》也不是省油的灯。"

柿内的视线转回来了，不过那双眼睛里只闪过一丝力道。仿佛撒进热水里的盐，散开、沉没，无力地愈来愈透明，最后消失不见。

"你知道《周刊现代》……不，阳明社是如何跟神野先生交涉的吗？"

柿内看起来已经没有气力忍受刑警的侦讯了，他的存在本身变得透明，完全没有打算回应的样子。到这地步还想继续坚持吗？为了过去爱过的人，不，为了现在仍爱着的那个人与那个女孩。

"逸美太太的女儿，神野和美小姐，听说她已经内定到阳明社就职了。"

柿内沉默。还想让久江继续说下去吗？进逼的久江渐渐感到悲哀。

这样简直就像打不倒的拳击手，无论怎么被打，就算流血了，就算眼睛看不见了，就算无法举手防备了，仍旧坚持双脚战抖地站在台上，就是要继续抗拒着不愿倒下。

可是够了吧，放弃挣扎吧。

"不愧是八卦杂志，早就查到他有年轻的女儿，还知道她参与就职活动的结果，已经被阳明社内定。我想如果姓氏相同，人事部也许早就察觉，然而他们一个是仁久彦，一个是神野和美。在记者指出来之前，听说公司里没人察觉，可是既然被发现，事情就没那么容易善了了。当然我想阳明社不会讲得那么明白，不会点名说'要是你再继续找麻烦，就要取消你女儿的内定'，应该只是暗示相同意思的话吧……如何？这件事神野先生找你商量过吗？"

喉咙附近没有血色的皮肤咕噜地滚动，久江认为那是柿内想要说话的预兆。

终于，仿佛要呼吸新鲜空气似的，没有血色的嘴唇动了。

吸入多少，就会吐出多少苦涩。

"神野那家伙跟黑濑伦子被拍照是上个月中旬的事，把我们公司拖下水，开始跟《周刊现代》周旋，是在上个月底。是我先打电话给他的，问他是怎么一回事。结果他说跟我没关系，就挂掉我的电话。之后我还是一直打电话给他，这个月初我还冲去他公司第一次跟他面对面谈这件事。当时和美的事已经浮上台面，他跟我坦白这件事时一副非常后悔的样子。"

柿内这么说，脸上也露出被感化的悔恨表情。

"可是他说这件事他还是不能让步。我说你这样可能会害得和美被取消内定，你应该知道现在找工作有多难，你一定不知道和美做了多少努力才赢得阳明社的内定……我这么说时，那家伙笑了，笑着问我说'那你知道吗？'还说'是啊，不是父亲的你是比我了解'，一副不在乎的口吻。"

久江看得出来柿内的眼底浮现黑暗的力量。

"我叫他也替逸美想一想，问他到底在做什么，明明……要他一定要让逸美幸福的……"

无法控制自己不做些什么吧，柿内握紧拳头敲了桌子的边缘两下。

"那家伙还是一笑置之。他说那都是几十年前的事了，这是天下男人的通病，刚好他的对象是当红女星罢了，为什么他就要受这种惩罚？人心三年就会变，他也变了，逸美老了，和美也不可能一直是我抱着的那个婴儿不会长大。只有我。只有我还一直像校庆的延长一样，不肯走下乳臭未干的青春剧的舞台。"

柿内手肘撑着桌面，像那起车祸发生后一样两手抓着头发。

"然而我还是问了，问他不爱了吗……已经不爱逸美了吗？问他是不是因为爱逸美才想要挡下绯闻。可是神野的态度还是没变，到最后……还哼笑着要我别说那种恶心的话，又不是四十童贞。"

柿内啪地放开手，双手扶着桌面。

"他不是为了逸美才想要阻止丑闻爆发，真正的原因是为了黑濑伦子以及她带给公司的利益，所以才不能让丑闻被公诸于世，而且他还斩钉截铁地说就算毁掉和美的工作他也绝不让步……就是那个时候，我对神野有了杀意，我心想现在这家伙如果不在了，那两个人就能幸福。"

黑色火焰在他的眼眸里摇曳。

"这件事我希望能以车祸的方式，而且必须伪装我没有杀意，只是过失……我下定决心拿出我这辈子最精湛的演技，于是一口气灌下威士忌开始演出。"

柿内闭上眼睛，仿佛忍受着涌入心头的什么退去后，才再度开口。

"可是我没办法。我在不知不觉中踩下油门，撞上他的背已经是我的极限了……之后希望他就此死去的心情，跟对他感到抱歉，希望他得救的心情在我心中拉扯……之后的事就是你说的那样。"

久江颔首。

她对这起案件已经没有什么疑问了。

"这样啊……可是如果神野先生就那么死亡，或者威士忌的事没被发现，危险开车致死罪成立，你打算怎么办？就算能瞒过杀意，也有可能会被判六七年的实际刑责。"

柿内的眼眸里已经看不到黑色火焰了，那里只剩下白色灰烬般的无表情。

"就算那样我也不在乎。我跟你说过我知道逸美怀孕后曾揍过神野，其实真正的原因是他对学妹出手，就在逸美的肚子开始大起来时……我觉得这次也跟上次一样，我必须在逸美知道之前处理掉……或许你无法明白，那就是我们的关系，一直以来我都是这样做的。"

久江不自觉叹了口气说：

"也就是说你会设计成像酒驾事故，并非为了减轻刑罚，而是为了不让逸美太太发觉你的犯罪动机？"

"是……你说得没错。"

原来如此。剩下的问题就是如何解释这个，在法庭上如何说明了。

虽然是杀人未遂，不过这起案件应该不至于到"中止未遂"，判"阻碍未遂"的可能性较大。也就是虽然采取行动，可是因为某些阻碍而并未成功，并非因为行为者本身的意志而中止犯罪，因此也有可能无法减刑。只是柿内采取了救命措施，他马上去叫对方的家人，也叫了救护车。

这起案件的重点应该就在如何将这点写进调查书中吧。

傍晚，久江在刑警办公室整理调查书时，服务台打了内线电话上来。

服务台这里有神野家的人想会见鱼住刑警。

神野久仁彦目前还在住院，因此可能性只有逸美或和美。
"好的，我马上下去。"
久江阖上笔记本电脑往楼梯走去。来的人应该是逸美吧，她这么心想，结果一看，出乎预料地看到两人并肩站在服务台前。
久江边打招呼边往两人走去。
"前几天在那种情况下打扰两位，真的很抱歉……那个，今天有什么事吗？"
久江这么问，不过她立刻看到逸美手中拿着优衣库（UNIQLO）的纸袋。
"别这么说，很谢谢你关心我们。那个，我们今天是为了这个来的……我们可以送这些东西给柿内吗？"
逸美很抱歉地将纸袋递给久江。
"柿内在这里没有亲人，我想他一定没有衣服可以换洗……我叫这孩子上网调查过怎样的衣服才能送进去，以那个为标准选了这些衣服。"
没错，能够成为凶器或是自杀道具的东西，具体来说像有绳子的衣服等等,是不能送进去的。

"这样啊,当然,经过我们确认是安全的东西就能送进去,我想柿内先生一定会很高兴。"

听到久江这么说,两人同时鞠躬说谢谢,脸上甚至浮现笑容。

久江忽然很想知道这两个人怎么看柿内,然而在她询问之前,逸美已经先开口了:

"请你告诉柿内,我们等他回来。我们都明白,无论结果如何,我们都会接受他的。"

这样啊。久江可以用她想的那样来解释逸美的话吗?

和美接着说:

"还有……我决定辞退阳明社的内定。"

"啊,为什么?"

柿内那么拼命想替她守住。该不会和美本人被施压,要求辞退内定吧?

然而和美的表情却很开心。

和美有些坚定地说:

"我不知道现在开始用功还来不来得及,不过我打算参加明年春天的警察考试,如果考上了,我想成为刑警。"

和美笔直望着久江,面露微笑,纯粹且坚强的微笑。

"这样啊。你突然改变方向,我有点吃惊,不过……嗯,这样也不错啊,像你这么优秀的人,一定能考上的。"

身高够，而且看起来很认真，这点很好。

"那么或许有天我们还会有机会见面喔。"

"我会努力的。"

久江伸出手来，和美毫不犹豫地双手握住。

纤细、冰冷，还不太可靠的手。

"嗯，我等你。"

距离下次的初试大概不到半年。

可是这个女孩一定没问题。

久江有这种感觉。